AMV

Guareschi

...aber Don Camillo gibt nicht auf...

Weitere Geschichten um Don Camillo und Peppone

Albert Müller Verlag
Rüschlikon-Zürich · Stuttgart · Wien

Aus dem Italienischen übersetzt von Ragni Maria Gschwend. Titel des italienischen Originals: «Lo Spurnarino pallido Mondopiccolo», erschienen bei Rizzoli Ed., Mailand 1981. – ISBN 3-275-00804-8. – 1/20-82. – Printed in Switzerland.

Koloß auf tönernen Füßen

Muskatellertrauben trug nur ein einziger Rebstock. Er stand im Pfarrgarten – und Don Camillo hatte eine ausgesprochene Schwäche für Muskatellertrauben.

Verständlich, daß er ärgerlich wurde, als er sah, wie sich irgendein Kerl mit Händen und Mund an seinen Muskatellertrauben zu schaffen machte.

Eine ganze Weile blieb Don Camillo hinter den Jalousien des Küchenfensters stehen in der Hoffnung, das Gesicht des Übeltäters sehen zu können: berechtigt war seine Neugier, doppelt berechtigt, weil er fürchten mußte, den Traubenfrevler nicht rechtzeitig erreichen und packen zu können.

Aber der Verbrecher fuhr fort, lediglich zwei völlig ausdruckslose Schultern zu zeigen, und da hielt es Don Camillo nicht länger auf seinem Beobachtungsposten; mit kleinen, vorsichtigen Schritten ging er in den Garten hinaus und begann gegen den Feind vorzurücken. Ein Traktor kam mit höllischem Lärm in die Nähe des Pfarrgartens, und das ermöglichte es Don Camillo, seine Operation glücklich zu beenden.

«Verzeihung, störe ich?»

Don Camillos Stimme ließ den Missetäter zusammenfahren. Langsam drehte er sich um: es war der Smilzo.

Don Camillo schaute ihn sich lange an, dann rief er:

«Was machst denn du hier?»

«Ich bin zufällig vorbeigekommen, und da hab' ich

einen Moment haltgemacht, um mir ein paar abzuzupfen. Gehört das Zeug Euch?»

«Die Tatsache, daß sich dieser Rebstock innerhalb des Pfarrgartens befindet, hätte dich das vermuten lassen können.»

«Ich war ganz in Gedanken, da hab' ich's nicht gemerkt.»

Don Camillo schüttelte ernst den Kopf.

«Ich verstehe. Du mußt wirklich sehr in Gedanken gewesen sein, wenn du nicht einmal gemerkt hast, daß du über einen Maschenzaun steigst.»

«Ich bin über keinen Maschenzaun gestiegen», stellte der Smilzo richtig und fuhr fort, die Beeren von der Traube in seiner Hand abzuzupfen.

Es schien, als ginge ihn die Gegenwart Don Camillos überhaupt nichts an, so ruhig blieb er. Aber plötzlich war er unter den Weinstöcken verschwunden – wie vom Erdboden verschluckt.

Der Smilzo war schnell: wie eine Eidechse huschte er durchs Gras, erreichte in wenigen Sekunden die Stelle, an der der Maschenzaun gut zwei Spannen weit vom Boden hochgezogen war – und schickte sich an hindurchzuschlüpfen.

Unglückseligerweise war Don Camillo auf dem Quivive: er hatte sofort zur Verfolgung angesetzt und bekam gerade noch einen Fuß von Smilzo zu fassen. Energisch zog er daran, und der Übeltäter kehrte im Rückwärtsgang zurück.

«Im Grunde hattest du recht», meinte Don Camillo, nachdem er den Smilzo zurechtgeschüttelt und wieder auf die Füße gestellt hatte. «Um hier hereinzukommen, mußtest du nicht über den Maschenzaun. Dafür wirst du es beim Hinausgehen müssen – die sowjetische Luftfahrt braucht Unterstützung!»

«Hochwürden», erwiderte der Smilzo, dem die Vorstellung, an Nacken und Hosenboden gepackt und im Flug über den Eisernen Vorhang expediert zu werden, keineswegs behagte, «Ihr könnt doch so eine Nebensächlichkeit nicht politisch ausschlachten!»

«Ach, das nennst du eine Nebensächlichkeit: Hausfriedensbruch mit Diebstahl?»

«Lassen wir doch die Kirche im Dorf! Ich hab' keinen Diebstahl begangen, sondern mir lediglich erlaubt, einen Vorschuß zu nehmen. Der Tag der Proletarischen Revolution steht vor der Tür, und da werden alle Entrechteten ihr Teil bekommen.»

Inzwischen war Don Camillos Wut verraucht. «Smilzo», sagte er, «wenn die Sache so ist, dann nimm dir nur noch einen weiteren Vorschuß. Und wenn du außerdem noch einen Vorschuß auf Wein willst: Ich hab' eine Flasche Bianco amabile im Brunnen kaltgestellt.»

Es war ein Nachmittag Ende August, und kein Blättchen regte sich, nicht einmal wenn man drüberblies. Eine Hitze zum Krepieren. Don Camillo ging zum Brunnen, zog den Eimer mit der Flasche hoch und trat ins Haus.

Der Smilzo folgte ihm, und als Don Camillo die Flasche entkorkt und die zwei Gläser gefüllt hatte, die bereits auf dem großen Küchentisch standen, fragte er:

«Hochwürden, worauf wollt Ihr hinaus?»

«Smilzo, das einzige, worauf ich hinauswill, ist, mich hinzusetzen und ein Glas kühlen Wein zu trinken. Wenn du auch darauf hinauswillst, dann setz dich hin und trink. An einem Augustnachmittag um drei macht man keine Politik.»

Der Smilzo setzte sich hin und schüttete sein Glas Wein auf einen Zug hinunter.

«Wenn er nicht vergiftet ist, ist er gut», bemerkte er.

Don Camillo ging nicht darauf ein. Er trank ebenfalls und füllte die beiden Gläser neu. Dann zog er eine Toskanozigarre aus der Tasche, zerbrach sie mit den Daumennägeln und streckte Smilzo die eine Hälfte hin.

«Nein», erklärte der Smilzo, «ich rauche nur Zigaretten. Auch Zigarettenstummel.»

Don Camillo stand auf, wühlte in zwei, drei Schubladen und warf schließlich ein Päckchen Nazionali vor Smilzo auf den Tisch:

«Man muß auch dieses Zeug im Haus haben, denn es gibt immer wieder einen Trottel, der lieber Zigaretten als Zigarren raucht.»

Smilzo ließ es gut sein: er hatte Wein und Zigaretten. Alles übrige scherte ihn nicht.

Er rauchte und trank.

«Wenn Peppone erfährt, daß ich hier war!» rief er plötzlich.

«Da kannst du beruhigt sein: Ich erzähl' es ihm bestimmt nicht. Im übrigen reden wir schon eine Ewigkeit nicht mehr miteinander. Ehrlich gesagt, es tut mir eigentlich ein bißchen leid. Bei all seinen Fehlern ist er noch lang nicht der Übelste. Es gibt viel größere Narren im Dorf. Und nicht nur bei euch Wirrköpfen.»

Smilzo erwiderte nichts. Er trank einen langen Schluck Wein, dann seufzte er:

«Tja ...»

Dieses «Tja» ließ Don Camillo die Ohren spitzen. Er füllte die Gläser nach und sagte dann, während er sich den Schweiß von der Stirn wischte:

«Ich hab' keine Lust aufzustehen. Andererseits ist die Flasche leer, und um eine neue zu kriegen, muß man sie holen. Die Tür zum Keller wäre die hier.»

«Weiß oder Rot?» fragte der Smilzo und stand auf.

«Rot.»

«Ich wär' mehr für Weiß, um beim gleichen zu bleiben.»

«Finden wir einen Mittelweg: Rot, begleitet von einer Salami.»

Smilzo schoß wie eine Rakete davon und kam mit einer Flasche und einer Salami zurück.

«Das Brot ist dort in der Kredenz. Da findest du auch das Brett und das Messer», informierte Don Camillo mit müder Stimme.

Wenn der August in der Po-Ebene Ernst macht, dann sind die Kehlen so ausgedörrt, daß man einfach trinken muß. Und um richtig trinken zu können, gibt es nichts Besseres, als eine gute Salami anzuschneiden, die höllisch Durst macht.

Die Salami war hervorragend, und Don Camillo meinte:

«Warum nimmst du nicht mein Fahrrad und holst Peppone? Bei einer solchen Salami, da bin ich sicher, würden wir uns verstehen.»

Smilzo schüttelte den Kopf.

«Smilzo», rief Don Camillo, «versteh mich nicht falsch! Ich hab' nicht die mindeste Absicht, jemanden hereinzulegen. Morgen können wir uns meinetwegen in der Luft zerfetzen, aber wer verbietet uns heute, zwei Scheiben Salami miteinander zu essen? Sag ehrlich: Du glaubst doch nicht im Ernst, daß ich jeden Augenblick nur an die dreckige Politik denke?»

Smilzo schüttelte wieder den Kopf.

«Hochwürden, es ist nicht deswegen. Lassen wir Peppone. Reden wir nicht mehr von ihm.»

Don Camillo sah ihn an: «Ich wußte nicht, daß ihr zerstritten seid. Wenn dem so ist: Schwamm drüber!»

«Wir haben nicht gestritten! Wenn wir überhaupt miteinander streiten würden, dann stritte höchstens er mit mir, denn ich würde mich nie mit ihm streiten. Es geht um andere Dinge.»

«Smilzo, spülen wir's hinunter und reden wir von was anderem. Heut interessiert mich die Politik nicht.»

Smilzo spülte es zwar hinunter, aber als er getrunken hatte, fühlte er sich doch noch zu einer Richtigstellung verpflichtet:

«Es geht nicht um Politik. Sondern um Privatsachen. Kleinigkeiten ohne Bedeutung, aber mir gehn sie auf die Nerven.»

Don Camillo schüttelte den Kopf: «Das tut mir wirklich leid. Ich hätte nicht geglaubt, daß auch Peppone einer von denen ist, die plötzlich mit ihren Freunden Schindluder treiben. Du bist zwar ein Halunke, aber Peppone gegenüber hast du dich immer wie ein Freund verhalten. Es ist undankbar von ihm, wenn er dich schlecht behandelt.»

Smilzo protestierte: «Ihr habt mich falsch verstanden! Es geht nicht darum, daß er mich schlecht behandelt. Er ist genauso zu mir wie früher. Aber er selber ist nicht mehr so wie früher. Wie soll ich Euch das erklären, Hochwürden? Es ist ungefähr so, wie wenn Ihr der beste Freund des Weltmeisters im Radrennen wärt. Zwischen Euch und dem Weltmeister passiert gar nichts, die Freundschaft ist die gleiche, die Behandlung ist die gleiche. Aber was passiert, ist, daß der Weltmeister dick wird und anfängt, die Rennen zu verlieren. Und dann ist Eure Freundschaft mit ihm nicht mehr so wie früher.»

«Wenn ich mit deinem verworrenen Gehirn denken würde, vielleicht», antwortete Don Camillo. «Aber da ich mit einem normalen Gehirn denke, ändert sich meine Freundschaft nicht, denn ich bin der Freund des Menschen und nicht des Weltmeisters. Im Gegenteil: Je mehr Unglück er hat, desto mehr fühle ich mich als sein Freund.»

«Ja», rief der Smilzo. «Aber es tut Euch leid, daß er die Weltmeisterschaft verliert! Es ist so, wie wenn einer Ehefrau die Zähne ausfallen. Man mag sie noch immer, aber es tut einem leid, daß ihr die Zähne ausfallen!»

Don Camillo schüttelte den Kopf: «Peppone ist weder Radweltmeister noch deine Ehefrau: Meiner Ansicht nach hast du dir einen Sonnenstich geholt.»

Smilzo fing an zu brüllen: «Hochwürden, ist es denn möglich, daß Ihr überhaupt nichts kapiert?»

«Wenn du willst, daß ich etwas kapiere, dann drück dich deutlich aus!» antwortete Don Camillo schroff.

Smilzo goß ein Glas Wein in einem Zug hinunter und fing an, sich deutlich auszudrücken:

«Hochwürden, schuld an allem ist jener Unglücksmensch, der Peppones Frau den Floh ins Ohr gesetzt hat, ihre *sala* zu renovieren ...»

Es war ein drückend heißer Augustnachmittag – wieder ein glühender Augustnachmittag. Don Camillo troff vor Schweiß, aber er rührte sich nicht von der Stelle: Seit mehr als einer Stunde stand er hinter der Hecke und paßte auf. Er hatte den Mann, den er suchte, da hineingehen sehen, und er wollte ihn auch wieder herauskommen sehen.

Und als der Mann dann endlich herauskam und sich auf sein Fahrrad schwingen wollte, sah er Don Camillo vor sich.

«Guten Tag, Herr Bürgermeister.»

Peppone maß Don Camillo mit einem Blick voll Mißtrauen.

«Guten Tag, Herr Pfarrer.»

Don Camillo hob die Schultern.

«Ich glaube nicht, daß ich es bei meinem Gruß an Respekt habe fehlen lassen», beklagte er sich.

«Sie sind einer, der es den Leuten gegenüber immer an Respekt fehlen läßt. Sie sind eine permanente Provokation.»

Don Camillo hob die Augen zum Himmel.

«Herr», rief er aus, «ist es denn möglich, daß diese Leute immer im Dienst sind? Ist es denn möglich, daß diese Leute alles nur politisch sehen? Herr, was denken diese Leute bloß beim Anblick eines Sonnenuntergangs – oder eines Sonnenaufgangs – oder einer Mondfinsternis? Was denken diese Leute, wenn sie im Frühling die blühenden Kirschbäume sehen? Können diese Leute denn nicht einmal angesichts eines Vulkanausbruchs, eines Erdbebens, einer Wasserhose oder einer Lawine in ihrem Hirn einen Gedanken produzieren, der nichts mit der Partei und ihren letzten Direktiven zu tun hat?»

Peppone lauschte stirnrunzelnd Don Camillos Erguß, dann sagte er: «Solche Vorhaltungen dürft Ihr nicht mir machen, Hochwürden; ich bin es, der sie Euch machen muß, denn Euer Blut ist durch und durch von der Politik vergiftet.»

«Peppone», erklärte Don Camillo geduldig, «seit einer Ewigkeit habe ich dich nicht gesehen. Es hat mich gefreut, dich so gesund und munter zu finden, und meine einzige Schuld ist, daß ich diese meine aufrichtige Freude offen gezeigt habe.»

«Hochwürden, woran erkennt man, wann Ihr aufrichtig seid und wann nicht?»

Don Camillo war zu Fuß, und Peppone schob nun sein Fahrrad neben ihm her. Die Straße war voller Staub, und Staub hing auch in der Luft und dörrte die Kehle aus. Es hatte tatsächlich den Anschein, als sei Don Camillo von den aufrichtigsten Absichten erfüllt, und so gab Peppone nach und nach sein ganzes Mißtrauen auf, und die Unterhaltung wurde immer gelöster.

Sie redeten über dies und jenes, und als sie zum Pfarrhaus kamen, fand Don Camillo es ganz natürlich, Peppone zu einem Glas Bianco amabile einzuladen. Und Peppone fand es ganz natürlich, die Einladung anzunehmen.

Sie tranken eine Flasche, und als sie hinausgingen, sagte Don Camillo zu Peppone: «Ich muß noch zum Bicci, ich begleite dich bis zu deinem Haus.»

Sie nahmen die Abkürzung, einen scheußlichen Weg, der es fertigbrachte, selbst bei der mörderischen Hitze noch sumpfig zu sein, denn er lag in einer Senke, in der sich das Wasser der Abflußgräben aus den umliegenden Feldern sammelte.

Als sie vor Peppones Haus standen und der Bürgermeister sah, wie Don Camillo keuchte, fand er es natürlich, ihn auf ein Glas hereinzubitten.

Der Flur war schattig und kühl.

«Setzen wir uns hier hin?» fragte Don Camillo.

«Nein, nein, wir gehen da hinein.»

«Da hinein» hieß in den «Salon», die «gute Stube», jenen Raum, den man in der Bassa *la sala* nennt. In ihm stehen die Eßzimmermöbel, hängen die vergrößerten Photographien der verstorbenen Verwandtschaft, findet sich der Krimskrams, den man bei Lotterien gewonnen oder irgendwann geschenkt bekommen hat. Für gewöhnlich ist es der Raum, den keiner von der Familie freiwillig betritt, denn diese ganze Pracht schüchtert einen ein, und außerdem ist er der tristeste und ungemütlichste Ort der ganzen Wohnung.

Aber als Peppone nun die Tür öffnete, blieb Don Camillo der Mund offen stehen.

Das hatte er nicht erwartet – trotz Smilzos Beschreibung: alles frisch getüncht, supermoderner Lampenschirm, neue Möbel, an den Fenstern gestickte Vorhänge und, Wunder aller Wunder, ein Fußboden aus Fliesen wie Marmor, ein Fußboden, der funkelte wie Kristall: unglaublich glatt, unglaublich sauber und blank.

«Na?» sagte Peppone, als er sah, daß Don Camillo keine Anstalten machte einzutreten.

«Peppone!» rief Don Camillo. «Das ist ja sagenhaft! Eine so schöne und moderne *sala* wird man kaum in einem städtischen Herrschaftshaus finden!»

«Na, wir wollen's nicht übertreiben!» meinte Peppone grinsend. «Nur hinein!»

Vorsichtig wagte sich Don Camillo ins Zimmer, und Peppone wollte ihm eben folgen, als ein fast unmenschlicher Schrei erscholl. Peppones Frau stürzte herbei, klammerte sich an ihren Mann und nagelte ihn auf der Schwelle fest. Schreckensstarr betrachtete sie seine staubigen, schlammverkrusteten Schuhe und redete wie irr auf ihn ein – Schreie ausstoßend wie ein verwundeter Adler.

Peppone verschwand aus der Tür, und als er wieder auftauchte, hatte er unter seinen Füßen die *pattìne:* jene verdammten rechteckigen Filzlappen, die von den biederen Bürgersfrauen in der Stadt erfunden worden waren, um den Glanz der Fußböden zu schonen.

Don Camillo betrachtete Peppone, der wie ein Schlittschuhläufer über den Boden glitt: Groß und kräftig, wie er war, mit dem knallroten Tuch um den Hals, den wirren, auf der Stirn klebenden Haaren und Händen so groß wie Schaufeln und dunkel von der Sonne und vom Maschinenöl, hätte er eigentlich zum Lachen reizen müssen, aber statt dessen tat er einem fast leid.

Don Camillo war hergekommen, um zu lachen, aber nun verging ihm die Lust dazu. Er kehrte ebenfalls um, stellte sich mit seinen Schuhen auf zwei andere an der Tür bereitliegende Filzlappen und glitt nun seinerseits über den blitzenden Fußboden.

Wortlos setzten sie sich an den Tisch, dessen Platte genauso glänzte wie der Boden, und schwiegen sich an, bis Peppones Frau wieder erschien, in der Hand ein Tablett mit Gläsern und einer Flasche Wein. Die Frau setzte alles auf den Tisch, füllte die beiden Gläser und befahl im Hinausgehen: «Die Flasche aufs Tablett, die Gläser auf die Untersetzer!» Noch ehe er trank, wischte Don Camillo den Fuß des Glases an seinem Ärmel ab und setzte es dann mit Anstand in die Mitte des Untersetzers.

Keiner der beiden wußte, wie er anfangen sollte. Zum Glück erschien der Smilzo unter der Tür und schwenkte einen großen gelben Umschlag.

«Chef, ganz eilig, von der Parteileitung!»

«Bring es her!» befahl Peppone, der sich wieder aufraffte.

«Nein, ich leg's hierher», antwortete Smilzo und machte Anstalten, den Brief auf dem Polsterstuhl neben der Tür zu deponieren. Peppone fand wieder zum donnernden Ton vergangener schöner Zeiten zurück:

«Smilzo, bring den Brief her!» brüllte er. Smilzo zögerte einen Moment, dann bemächtigte er sich eines dritten Paares Filzlappen, das neben der Tür geparkt war, und glitt über den blitzenden Boden auf seinen Chef zu.

«Setz dich hin und trink!» schrie Peppone und goß ihm ein Glas ein.

Smilzo biß die Zähne zusammen und setzte sich hin.

«Flasche aufs Tablett, Glas auf den Untersetzer!» brüllte Peppone weiter und schmiß ein rundes gesticktes Deckchen vor Smilzo auf den Tisch.

Er las den ganz eiligen Brief und steckte ihn in die Tasche. Danach schüttete er seinen Wein in einem Zug hinunter, und nach einer gebührenden Pause absoluten Schweigens donnerte er:

«Hochwürden, das laßt Euch gesagt sein: Am Tag der Proletarischen Revolution werden wir *nicht* auf Filzlappen marschieren!»

«Steht das in dem Brief von der Partei?» erkundigte sich Don Camillo.

«Das steht in der Geschichte der Völker!» entgegnete Peppone.

Und er sagte das mit soviel Stolz und soviel edler Entschlossenheit, daß sich der Smilzo wieder in seinem Glauben an den Endsieg bestärkt fühlte.

«Jawohl, Chef!» pflichtete er ihm bei.

Die Lotterie

Hört man auf die Bauern, so geht es ihnen immer schlecht. Wenn es regnet, dann weil es regnet; wenn es nicht regnet, dann weil es nicht regnet; wenn sie zehn Prozent herausschlagen, dann weil es nicht zwölf sind. Und wenn es zwölf sind, dann weil sie nicht vierzehn herausschlagen konnten.

Don Camillo wußte das genau und machte sich daher nie Illusionen, wenn er herumlaufen und um Geld für diesen verflixten Kindergarten betteln mußte, der nun mal errichtet worden war und jetzt wohl oder übel zu funktionieren hatte.

Diesmal war Don Camillos Herz jedoch voll Optimismus: Das Jahr war für die ganze Landwirtschaft außergewöhnlich gut gewesen, und der Käse lag hoch im Preis. Aber nachdem der Seelenhirt an drei Türen geklopft hatte, kannte er bereits die ganze Litanei: Die Tomaten hatten nicht das gebracht, was sie hätten bringen sollen, die Rübenpreise waren gefallen, außerdem hingen die Trauben noch an den Stöcken.

Don Camillo beschloß, auf der Stelle seine Taktik zu ändern. Um den nötigen Mammon aufzutreiben, mußte man zum äußersten Mittel greifen: zur berüchtigten Lotterie mit verlockenden Preisen.

Also machte er sich daran, die verlockenden Preise zusammenzubringen.

Was die Lotterien und die Wohltätigkeitsbasare angeht, so ist es auf dem Land nicht anders als in der Stadt: Jeder nützt die Gelegenheit, seine Wohnung vom gräßlichsten Plunder zu befreien. Und zu guter Letzt sind es immer dieselben Scheußlichkeiten, die bei den Wohltätigkeitsveranstaltungen die Runde machen. Jedes Stadtviertel und jedes Dorf besitzt seinen festen Fundus, denn wer immer eine dieser Raritäten gewinnt, hat nichts Eiligeres zu tun, als sie bei der nächsten Wohltätigkeitslotterie wiederum großzügig als Preis zur Verfügung zu stellen.

Don Camillo arbeitete vierzehn Tage lang, und am Ende hatte er sein Pfarrhaus in einen afrikanischen Basar verwandelt. Wenn er mutig genug gewesen wäre, hätte er die Gelegenheit nutzen und das Dorf ein für allemal von dem ganzen Krempel befreien können – und tatsächlich fühlte er auch den heftigen Wunsch, das ganze Zeug auf dem Kirchplatz auszubreiten und mit der Straßenwalze darüberzufahren, aber er wußte sich zu beherrschen.

Nachdem er nun die Masse an *normalen* Preisen beisammen hatte, mußte er die zwei oder drei *außergewöhnlichen* auftreiben, ohne die keiner ein Los kaufen würde.

Es blieben ihm noch die zwei großen Brocken: Filotti und die Gemeinde.

Aber Filotti erklärte sofort, daß er mehr als fünfzig Flaschen Weißwein nicht herausrücken könne, denn die Tomaten seien nicht gut gegangen und die Rüben auch nicht und so weiter und so weiter. Da setzte Don Camillo alle Hoffnung auf die Gemeinde und ging hin, um beim Herrn Bürgermeister vorzusprechen.

Peppone ließ ihn nicht einmal ausreden: «Hochwürden, ich weiß alles. Der Kindergarten braucht dringend Geld, genauso wie die Gemeinde. Mit dem einfachen Unterschied, daß der Kindergarten Lotterien veranstalten kann, um zu Geld zu kommen, die Gemeinde aber nicht. Folglich geht es uns schlechter als euch.»

Don Camillo sog einen Strom Luft ein – lang wie der Simplontunnel –, bis er ganz aufgeblasen war, dann explodierte er:

«Der Herr Bürgermeister will also sagen, daß sich die Gemeinde weigert, ihren Beitrag zu leisten?»

«Nein: Der Herr Bürgermeister will sagen, daß die Gemeinde gibt, was sie kann.»

Peppone öffnete eine Schreibtischschublade und zog ein paar Handvoll Zeug heraus, wobei er erklärte:

«Fünfzig Bleistifte Superbus, dreißig Radiergummi, fünfundzwanzig Packungen Protokollpapier und fünfzig Kugelschreiber Perry. Als meinen persönlichen Beitrag stifte ich fünf Dosen Bodenwichse Marke Ceratom.»

«Damit kannst du ...»

«Hochwürden», unterbrach ihn Peppone streng, «beachten Sie bitte, daß Sie hier mit dem Herrn Bürgermeister sprechen. Nehmen Sie das Schreibmaterial selbst mit oder soll ich es Ihnen ins Haus schicken?»

Don Camillo gab überhaupt keine Antwort. Er machte kehrt und ging zur Tür. Auf der Schwelle drehte er sich noch einmal um: «Weißt du, was ich dir sagen muß?» schrie er.

«Sagen Sie es.»

«Daß ihr mir alle widerwärtig seid. Arme, Reiche, Kommunisten und Antikommunisten!»

«Einen Augenblick, Hochwürden! Reden wir doch mal offen miteinander.»

Don Camillo kehrte zum Schreibtisch zurück und sah Peppone fest in die Augen:

«Wenn du meinst, daß wir offen miteinander reden sollen – ich bin dabei! Paßt dir was nicht?»

«Mir paßt es nicht, daß Sie blödes Zeug verzapfen. Kommunisten, das lassen Sie sich gesagt sein, sind nicht widerwärtig! Kommunisten verhalten sich bei jeder Gelegenheit vorbildlich!»

Don Camillo ergriff das Bündel Bleistifte, hielt es Peppone unter die Nase und schrie:

«Fünfzig Bleistifte Superbus, die miesesten auf der ganzen Welt: Geschenk der kommunistischen Verwaltung!»

«Geschenk der *kommunalen* Verwaltung!» korrigierte ihn Peppone. «Die Kommunisten haben damit nichts zu tun. Bevor Sie behaupten, daß die Kommunisten widerwärtig sind, müssen Sie erst mal abwarten, was Ihnen die Sektion der Kommunistischen Partei antwortet.»

Don Camillo legte die Bleistifte auf den Schreibtisch zurück, dann stemmte er die Fäuste in die Hüften:

«Und was würde mir deiner Meinung nach die Sektion der Kommunistischen Partei antworten, wenn ich käme und sie um eine Spende für die Lotterie bitten würde?»

Peppone zuckte die Schultern.

«Mal sehen», murmelte er. «Meiner Meinung nach ... Wenn Sie sich an die Sektion der Kommunistischen Partei wenden würden, könnte Ihnen die Sektion – zum Beispiel – ein Fahrrad Stucchi anbieten, Luxusausführung, funkelnagelneu, mit elektrischer Beleuchtung und Simplex-Schaltung. Und sogar noch mit Satteldecke, Kippständer und Gepäckträger.»

Don Camillo starrte ihn einen Augenblick mit offenem Mund an. «Du willst dich wohl über mich lustig machen!» rief er schließlich.

«Ich vielleicht schon. Aber die Sektion der Kommunistischen Partei nicht. Wer das Fahrrad Stucchi Luxusausführung, funkelnagelneu und so weiter haben will, braucht nur ein kurzes schriftliches Gesuch direkt an die Sektion zu richten.»

«Natürlich», lachte Don Camillo höhnisch, «damit du mir antworten kannst: ‹Wenden Sie sich an Pella!›»

Peppone schüttelte den Kopf: «Nein, Hochwürden. Sie schreiben ein winziges Gesuch, und zwei Stunden später ist das Fahrrad im Pfarrhaus, noch in der Originalverpackung. Selbstverständlich muß es bei der Ausstellung der Preise den Ehrenplatz bekommen, mit einem Schild vierzig auf dreißig Zentimeter, auf dem in großen Druckbuchstaben steht: *Gespendet von der Kommunistischen Partei Italiens.* Um Ihnen die Mühe zu ersparen, liefern wir das Schild gleich fertig mit.»

«Oh, bitte keine Umstände», erwiderte Don Camillo trocken. «Behalt dein Schild samt dem Fahrrad. Ich bin doch keine Werbeagentur.»

«Hochwürden! Und wenn wir an dem Fahrrad Stucchi Superluxus und so weiter noch einen kleinen Mosquito-Motor anbrächten, ebenfalls funkelnagelneu?»

«Nicht einmal, wenn du einen Super-Motor mit Kompressor einbaust!»

«Das tut mir leid. Überlegen Sie es sich noch mal, Hochwürden.»

«Ich hab' es mir schon überlegt.»

Don Camillo lief auf Hochtouren, und als er nach Hause kam, stürmte er in die Kirche, um sich mit dem Gekreuzigten am Hochaltar auszusprechen. «Jesus», keuchte er, «wer ist wohl der größte Halunke unter all diesen Halunken?»

«Du», antwortete Christus.

Don Camillo sah verständnislos nach oben: «Ich? Wieso denn ich?»

«Weil dein Herz voll Zorn ist, Don Camillo.»

«Jesus», flehte er verzweifelt, «ist es denn möglich, daß einer nicht zornig wird, nach all dem, was mir passiert ist?»

«Ja, Don Camillo, das ist sehr gut möglich.»

Don Camillo traten die Tränen in die Augen.

«Jesus, ich habe an neunundneunzig Türen geklopft, und keiner hat mir aufgemacht. An der hundertsten haben sie mir aufgemacht, aber nur um mich zu verhöhnen. Wie soll ich da ruhig bleiben können?»

«Don Camillo, ich klopfe tagtäglich bei hunderttausend Seelen an, und keine macht mir auf, und da bin ich traurig. Aber wenn ich dann nach hunderttausend eine finde, die sich mir öffnet, wird mein Herz mit Freude erfüllt, auch wenn mich hinter der Tür dieser Seele nur Spott erwartet. Gott nicht zu kennen ist tausendmal schlimmer, als ihn zu verspotten. Wer Gott nicht kennt, ist wie der Blinde, der niemals das Licht sehen wird. Wer Gott nicht kennt, wird nie als rechter Mensch leben können, denn wer Gott nicht kennt, ist auch kein Mensch.»

Don Camillo lief immer noch auf vollen Touren und versuchte sich zu rechtfertigen:

«Herr, wenn ich Hunger habe, und neunundneunzig Menschen verweigern mir ein Stück Brot, ist dann nicht vielleicht der hundertste am niederträchtigsten, der mir zu essen anbietet, auch noch reichlich, aber unter der Bedingung, daß ich eine ehrlose Tat begehe?»

«Natürlich, Don Camillo: Wenn Peppone versucht hat, dich zu einer Tat zu verleiten, die gegen die Gebote Gottes verstößt, dann ist er der Niederträchtigste.»

Don Camillo wischte sich den Schweiß von der Stirn.

«Herr, es läßt sich nicht exakt feststellen, ob er mir tatsächlich vorgeschlagen hat, gegen die Gebote Gottes zu verstoßen, schon weil sich in den Geboten Gottes keine eindeutigen Hinweise auf Stucchi-Fahrräder und Wohltätigkeitsbasare finden ... Auf alle Fälle aber steht fest, daß ich nichts tun kann, was den politischen Anschauungen Peppones nützt. Anschauungen, die nach dem Urteil der Kirche im Widerspruch zu den christlichen stehen. Findest du nicht, Herr?»

«Don Camillo, ich wüßte nicht, was ich dir exakt antworten sollte. Auch ich kenne mich mit Fahrrädern und Wohltätigkeitsbasaren nicht genügend aus.»

Don Camillo senkte den Kopf.

«Jesus», sagte er mit trauriger Stimme. «Wie sich wohl Peppone freuen würde, wenn er wüßte, daß auch du dich über mich lustig machst!»

Don Camillo kehrte ins Pfarrhaus zurück, um den zusammengetragenen Trödel noch einmal zu inspizieren. Kurz darauf erschien der Smilzo und deponierte auf dem Tisch im Hausflur die Bleistifte und das andere Zeug.

«Von der Kommunalverwaltung», erklärte er. «Wenn es Euch gelingt, einen von diesen Bleistiften zu spitzen, dann könnt Ihr ihn als Ahle benützen.»

«Ich lasse dem Herrn Bürgermeister danken. Sag ihm, er hätte nicht soviel Umstände machen sollen.»

«Das sind doch keine Umstände. Euer Hochwürden dienlich sein zu können, ist immer eine Freude. Wenn ich Euch helfen soll, diesen Krimskrams auf den Abfallhaufen zu werfen, tu ich's gern.»

Don Camillo griff nach einer scheußlichen Katze aus bemaltem Gips und schleuderte sie in Richtung Smilzo. Doch der war auf der Hut: er fing die Gipskatze im Flug auf und setzte sie behutsam auf den Tisch.

«Besser eine Gipskatze in der Hand als ein Fahrrad mit Motor auf dem Dach», rief er und zog Leine.

Don Camillo zertrat unter seiner Schuhsohle einen alabasternen Turm von Pisa, der aussah wie aus Zuckerguß.

Selbst wenn man die Flaschen vom Filotti bestmöglich placierte, wirkte die Ausstellung der Preise für die Kindergartenlotterie erschreckend dürftig.

Zum zweitenmal wurde Don Camillo von der heftigen Versuchung gepackt, all diese Scheußlichkeiten zu zertrümmern. Es gelang ihm jedoch noch einmal, ihr zu widerstehen, und er ging statt dessen, um sich mit Christus am Hochaltar zu unterreden:

«Herr», sagte er, «kann der Zweck die Mittel rechtfertigen?»

«Nein, Don Camillo. Aus dem Bösen kann zwar das Gute erwachsen, aber du darfst dich nicht bewußt des Bösen bedienen, um das Gute zu bekommen. Denn du mußt immer nach den Geboten Gottes handeln, und die Gebote Gottes verbieten dir, Böses zu tun.»

«Jesus, Strychnin ist doch ein schreckliches Gift, aber der Apotheker kann daraus bei richtiger Dosierung eine heilsame Arznei gewinnen.»

«Don Camillo, die christliche Moral ist nicht in der Apotheke gemacht worden.»

Don Camillo senkte den Kopf und ging.

«Alle gegen mich», seufzte er, als er sich in seiner Stube an den Schreibtisch setzte.

Dann nahm er ein Blatt Papier und schrieb das Gesuch.

Das Fahrrad mit Hilfsmotor kam eine Stunde später, es wurde vom Smilzo mit dem Lieferwagen gebracht. Dazu das Schild mit dem Text in riesigen Druckbuchstaben.

«Hochwürden», mahnte Smilzo, «nicht vergessen: Ehrenplatz!»

Die Ausstellung der Lotteriepreise wurde am nächsten Tag eröffnet, und die Leute drängten sich in dem großen Raum. Das Fahrrad mit Motor, «Gespendet von der Kommunistischen Partei», machte einen ungeheuren Eindruck.

Spiletti mißbilligte die Sache in aller Deutlichkeit: «Hochwürden, ich hätte von diesem Pack Spenden weder erbeten noch angenommen.»

«Ich auch nicht, wenn Sie und alle anderen mir statt dem ganzen Schund aus Gips und vergoldetem Blech etwas gegeben hätten, das für eine anständige Lotterie taugt.»

«Wenn keine Preise da waren, hättet Ihr die Lotterie nicht veranstalten dürfen. Ihr hättet uns eine Blamage erspart.»

«Richtig», rief Don Camillo, «wenn einer die Krätze hat, sorgt man dafür, daß er in der Öffentlichkeit nicht die Handschuhe auszieht, sondern immer schön die

Hände bedeckt hält, damit die Leute sagen: ‹Oh, was für ein eleganter, gepflegter Herr!›»

Natürlich kamen alle Roten, um ihr prächtiges Fahrrad mit Motor zu bewundern, und sie plusterten sich auf wie die Truthähne.

Am Tag der Ziehung erschien auch Peppone mit seinem Stab. Das Zimmer und der Kirchplatz waren gesteckt voll.

Die letzten Lose wurden verkauft und die dazugehörigen Abschnitte in die Urne gesteckt.

Die Ziehung begann: Don Camillo hatte nur fünfzig halbwegs anständige Preise zusammenstellen können. Wenn die in der Reihenfolge ihres Werts verlost waren, sollte der Rest des Plunders stückweise an jeden Losinhaber verteilt werden, so daß keiner mit leeren Händen heimgehen müßte.

«Erster Preis: ein Fahrrad mit Hilfsmotor!» verkündete Don Camillo.

Ein kleiner Junge zog eine Nummer aus der Urne.

«Achthundertsiebenundvierzig!» rief Don Camillo. «Wer die Nummer achthundertsiebenundvierzig hat, gewinnt das Fahrrad!»

Keiner der Anwesenden hatte diese Nummer.

«Das Fahrrad bleibt zur Verfügung des Besitzers der Nummer achthundertsiebenundvierzig!» rief Don Camillo. «Die vollständige Liste der Gewinner wird morgen veröffentlicht. Zweiter Preis: ein Korb mit fünfzig Flaschen Weißwein. Nummer ...»

Der Junge zog eine Nummer.

«Zweitausenddreihundert!»

Der Mann mit der Nummer zweitausenddreihundert bahnte sich, das Los in der Hand schwenkend, seinen

Weg nach vorn und nahm mit Hilfe seiner Freunde grinsend den Korb mit den Flaschen in Empfang.

Damit war die Losziehung praktisch beendet, denn das einzige, was die Leute interessiert hatte, war das Fahrrad mit Motor. Der Rest, mit Ausnahme der Weinflaschen, schien kaum der Rede wert. Aber keiner rührte sich, bis alle fünfzig «halbwegs anständigen» Preise verlost waren.

Und als die fünfzig Gewinner ihre Preise abgeholt hatten, fingen die Leute zu murren an. Es sei doch sehr merkwürdig, daß von den fünfzig Gewinnern ausgerechnet der mit dem Fahrrad fehle.

«Ich», sagte ein junger Mann, «habe die Nummer achthundertsechsundvierzig gekauft, und zwar hier drinnen, im letzten Moment, und ich habe gesehen, daß auf dem Block noch vier Lose übrig waren: die Nummern achthundertsiebenundvierzig, achthundertachtundvierzig, achthundertneunundvierzig und achthundertfünfzig. Ich würde gern mal den Losblock sehen. Man könnte ja das unverkaufte Los in die Urne gesteckt haben statt des Nummernabschnitts.»

Jemand ging zu Don Camillo und sagte es ihm. Keuchend kam er an.

«Hier gibt es keine Schiebung!» rief er aufgebracht. «Wir haben nur die Gegenabschnitte in die Urne getan. Bitte, da ist die gezogene Nummer. Und da ist der Block. Die Lose sind alle verkauft worden.»

«Und wer bezeugt das?» brummte der junge Mann.

«Der Polizeichef und der Notar, die beide hier anwesend sind!»

«Und woher wissen die, ob das Los verkauft worden ist? Vielleicht hat es jemand abgerissen und in die

Tasche gesteckt. Daß der Gegenabschnitt in der Urne ist, bedeutet noch lange nichts.»

Don Camillo wurde blaß: «Dieser jemand könnte nur ich sein, weil ich die letzten vier Lose verkauft habe.»

«Ich will ja nichts behaupten ...», meinte der junge Mann.

«Aber wenn die Lose hier drinnen verkauft wurden, warum ist dann der mit der Losnummer achthundertsiebenundvierzig nicht aufgetaucht?»

Don Camillo verspürte wahnsinnige Lust, diesen aufsässigen jungen Mann am Kragen zu packen und an die Wand zu werfen, aber er mußte Ruhe bewahren.

«Meine Herrschaften!» rief er. «Die Nummer achthundertsiebenundvierzig ist vor kurzem hier verkauft worden. Wer sie gekauft hat, muß hier sein. Schaut doch noch einmal alle genau nach: Die Angelegenheit muß auf der Stelle geklärt werden. Alle, die vor kurzem hier bei mir ein Los gekauft haben, sollen noch einmal in ihren Taschen suchen.»

Jeder kramte in seiner Tasche, auch die, die überhaupt kein Los gekauft hatten, und plötzlich hörte man jemanden murmeln: «Das hab' ja ich!»

Und Peppone trat vor und reichte Don Camillo ein Los. Don Camillo stieß einen riesigen Seufzer der Erleichterung aus.

«Alles in Ordnung?» fragte er fröhlich. «Ist der junge Mann jetzt überzeugt? Ausgezeichnet! Mit großer Freude händige ich hiermit den ersten Preis dem Herrn Bürgermeister aus. Nichts ist gerechter: Da der Preis von der Kommunistischen Partei gestiftet worden war, ist es nur recht und billig, daß er wieder an die Kommunistische Partei zurückgeht.»

Die Leute lachten.

«Na, die haben sich wirklich nicht angestrengt», brummte der alte Cibia. «Sie haben das Fahrrad gestiftet und es sich jetzt wiedergeholt. Die taugen auch bloß dazu, den Gänsen Wasser zu bringen, wenn's regnet!»

Peppone fuhr herum, rot wie die Oktoberrevolution: «Was redet Ihr da für einen Stuß? Ich hab' mein Los genauso gekauft wie alle anderen. Was kann ich dafür, wenn der erste Preis auf mich fällt?»

«Hättest du das Los nicht gekauft, dann hättest du auch nicht gewonnen.»

Smilzo mischte sich ein. Er ergriff das Fahrrad bei der Lenkstange und sagte zu Peppone:

«Laß sie doch reden, Chef! Wir sind vollkommen im Recht und in der Legalität.»

Er ging auf den Ausgang zu, und Peppone folgte ihm zähneknirschend.

«Das ist das sowjetische System», erklärte Don Camillo lächelnd. «Große Versprechungen und nichts dahinter. Sand in die Augen.»

Peppone, der das gehört hatte, drehte sich um: «Kommt bloß noch einmal und bittet mich um was, dann werdet Ihr sehen, was ich Euch stifte!»

«Da ist noch Euer Schild», antwortete ihm Don Camillo grinsend.

«Von wegen *Geschenk der Kommunistischen Partei.* Ihr hättet lieber draufschreiben sollen: *Leeres Versprechen der Kommunistischen Partei.*»

Peppone ging rasch hinaus, um nicht aus der Rolle zu fallen.

Und als Don Camillo triumphierend zum Hochaltar kam, um Christus zu danken, sagte dieser zu ihm: «Don

Camillo, der niederträchtigste Halunke bist immer noch du.»

«Herr, das weiß ich», erwiderte Don Camillo und breitete resignierend die Arme aus. «Und es tut mir leid. Aber in der Politik ist die Niedertracht eine schmerzliche Notwendigkeit, denn in der Politik hat man es nicht mit Menschen, sondern mit Parteien zu tun. Und die Parteien sind keine Geschöpfe des lieben Gottes. Amen.»

Die halbe Portion

Peppone benötigte einen Meter Kupferrohr von der Dicke eines Daumens, und da er im ganzen Dorf nichts dergleichen auftreiben konnte, die Arbeit aber am nächsten Tag in aller Frühe fertig sein mußte, nahm er kurz entschlossen den Bus, um in der Stadt nach dem Rohr zu suchen.

Als er ankam, läutete es gerade zwölf, und er mußte bis drei Uhr nachmittags warten. Doch damit, daß die Geschäfte wieder aufmachten, war die Geschichte keineswegs zu Ende, denn kein einziger Eisenwarenladen hatte daumendickes Kupferrohr, und so war Peppone gezwungen, die Werkstätten abzuklappern.

Kurz und gut: Als er das verdammte Rohr endlich aufgetrieben hatte, begann es bereits Abend zu werden. Und der Bus war auch schon fort.

Dreißig Kilometer sind kein Kinderspiel. Auf der anderen Seite konnte die Arbeit nicht verschoben werden, denn es handelte sich um einen Auftrag von der Tomatenmarkfabrik, und die von der Fabrik wollten am nächsten Morgen schon um vier Uhr kommen, um die reparierte Maschine abzuholen.

Peppone machte sich auf den Weg, in der Hoffnung, ein Auto zu finden, das ihn mitnähme.

Hier, an der großen Straße, war es zwecklos, Zeit und Kraft darauf zu verschwenden, ein Auto anzuhalten: Hunderte von Autos passieren die Hauptstraße. Wie soll man da herausfinden, welches ausgerechnet in das und das Dorf fährt? Er mußte zumindest bis zur Landstraße gehen. Was dort fuhr, war bereits eine Vorauswahl: Wagen, bei denen wenigstens die Richtung stimmte.

Er ging also mit langen Schritten bis zur Landstraße, und kaum war er in sie eingebogen, kam auch schon ein Lieferwagen. Er fuhr langsam, und als der Fahrer Peppone winken sah, hielt er sofort.

Nach Peppones Ort fuhr er allerdings nicht, aber immerhin ungefähr sieben Kilometer weit den gleichen Weg wie Peppone, und so stieg Peppone ein. Sieben plus drei (von der Stadt bis hierher) ist zehn: besser zwanzig Kilometer als dreißig.

An der Abbiegung der neuen Brücke sprang Peppone vom Lieferwagen, verabschiedete sich vom Fahrer und setzte seinen Weg auf Schusters Rappen fort.

Inzwischen war es schon fast dunkel, und als ob das allein nicht genüge, fing es auch noch zu regnen an.

Nicht weit entfernt stand eine kleine Wegkapelle mit einem Madonnenbild, unter deren Dach sich Peppone retten konnte.

«Verzeih, wenn ich dir den Rücken zukehre», murmelte Peppone zum Madonnenbild und griff sich an die Hutkrempe. «Aber ich darf die Straße nicht aus den Augen lassen. Ich hab' wegen diesem verdammten Rohr den Bus versäumt und brauche jetzt jemand, der mich mitnimmt.»

Je mehr die Dunkelheit zunahm, desto stärker wurde auch der Regen, und beim Anblick der aufgeweichten und völlig verlassenen Straße beschlich einen das unangenehme Gefühl, für immer von der Welt abgeschnitten zu sein.

Peppone wartete eine halbe Stunde, er wartete eine Stunde, dann verlor er die Geduld.

«Wenn kein Auto mehr vorbeikommt», rief er zur Madonna gewandt, «dann mußt du mir sagen, was ich tun soll!»

Die Madonna sagte es ihm nicht, und Peppone fing an zu brüllen.

Doch siehe da: zwei Autoscheinwerfer auf der richtigen Seite! Peppone trat in Aktion und bereitete sich unter dem äußersten Rand des Daches auf den Sprung vor; denn natürlich mußte er das Auto erwischen, aber gleichzeitig mußte er versuchen, nicht triefnaß zu werden.

Als das Auto, das wegen des strömenden Regens und der Pfützen langsam fuhr, bis auf wenige Meter an die kleine Kapelle herangekommen war, sprang Peppone mitten auf die Straße.

Der Wagen, ein grauer Fiat 1400, stoppte. Mit einem Satz war Peppone bei der Tür und streckte seinen Kopf durchs Fenster, während ihm der Regen den Rücken und die angrenzenden Gebiete einweichte.

Der Fahrer hatte die kleine Lampe am Armaturenbrett angeknipst, und Peppone sah in ein leichenblasses Gesicht.

«Was ist los?» stammelte der Fahrer.

«Nichts», antwortete Peppone. «Was soll schon los sein? Nur daß es mir den Hintern vollregnet. Wohin fahren Sie?»

«Nach Torricella», erklärte der Fahrer, ein magerer, eleganter, sehr zarter und, wie es schien, auch sehr schüchterner junger Mann.

«Ausgezeichnet», rief Peppone, riß die Wagentür auf

und ließ sich neben dem jungen Mann ins Auto fallen. Während Peppone auf dem Sitz herumrutschte, um es sich bequem zu machen, stieß er mit dem Ende des Kupferrohrs den jungen Mann vor die Brust, der zurückwich und die Hände in Schulterhöhe hob.

Peppone wunderte sich einen Augenblick über das seltsame Verhalten des jungen Mannes, doch als er merkte, daß die Augen des Unglücklichen auf das Kupferrohr starrten, begriff er.

«Für was halten Sie denn dieses Ding?» rief er. «Für ein Maschinengewehr? Sehen Sie denn nicht, daß das ein Stück Kupferrohr ist, eingewickelt in schwarzes Ölpapier?»

Der junge Mann entlockte seinem schmächtigen Brustkorb einen Seufzer, der überhaupt nicht mehr aufhören wollte.

«Sie müssen mich begreifen», erklärte er verärgert. «Auf einer dunklen Landstraße springt einem plötzlich so ein Mordskerl mit solch einem Ding in den Weg, da kann es einem schon anders werden. Gerade in der heutigen Zeit ...»

Peppone zuckte die Achseln: «Was hätte ich denn sonst tun sollen? Seit einer Stunde steh' ich da und warte, weil ich den Bus versäumt habe, und ich muß unbedingt heut abend daheim sein, und es schüttet in Kübeln! Man muß sich auch mal die Situation vorstellen, in der sich ein anderer befindet!»

«Ich stelle sie mir vor», erwiderte der junge Mann kühl, legte den Gang ein und fuhr los. «Aber es kommt auch auf die Art und Weise an ...»

Auch der ruhigste und besonnenste Mensch wird nervös, wenn er einen völlig durchnäßten Hintern hat:

«Man hat leicht reden, wenn man bequem im Auto fahren kann und sich keinen Dreck um die anderen scheren muß!» knurrte Peppone übellaunig. «Aber wenn man sich, um zu leben, von morgens bis abends in Stücke reißen muß, dann sieht die Sache anders aus!»

«Ich reise nicht zum Vergnügen», rechtfertigte sich schüchtern der junge Mann.

«Das bezweifelt auch keiner!» grinste Peppone mit grimmigem Hohn. «Wenn Sie zum Vergnügen reisen würden, hätten Sie sich nicht diese Straße und dieses Wetter ausgesucht. Der Unterschied ist nur der, daß Sie Ihre Berufsreisen trocken im Auto machen und ich die meinen im Regen und zu Fuß. Und wenn ich jetzt heimkomme, kann ich noch nicht einmal ins Bett, sondern muß in der Werkstatt herumhämmern bis zwei Uhr früh. Wenn alles gutgeht!»

Der junge Mann, aufs Fahren konzentriert, antwortete nicht, und auch Peppone sagte nichts mehr. Als sie zwei bis drei Kilometer in absolutem Schweigen zurückgelegt hatten, stellte Peppone bei sich selbst folgende bedeutsame Betrachtung an:

«Ich bin doch ein Idiot», dachte er. «Ich stoppe diese halbe Portion und jage ihr einen Schrecken ein, der sie fast umbringt; ich springe in ihren Wagen, als ob es Gemeindeeigentum wäre. Und anstatt dem armen Kerl zu danken, daß er mir keinen Tritt in den Hintern gibt, halte ich ihm noch eine Predigt gegen das Bürgertum und setze ihn ins Unrecht. Ich muß das Stadtjüngelchen wieder ein bißchen aufrichten, sonst krieg' ich noch ein schlechtes Gewissen.»

Das Auto fuhr am Friedhof von Borghetto vorbei, dessen Tor zur Straße hin lag, direkt unter einer der spärlichen Dorflaternen. Peppone nahm seinen Hut ab, und ihm schien, daß das Jüngelchen diese Geste der Achtung vor den Verstorbenen durchaus zu würdigen wußte. «Arm, aber christlich!» rief Peppone. «Unsere Dörfer sind zwar nicht schön, aber sie sind gesittet.»

«Ich weiß», murmelte die halbe Portion aus der Stadt mit geringer Überzeugung.

«Kennen Sie sich hier aus?» fragte Peppone.

«Nein, ich komme zum erstenmal in diese Gegend, aber ich weiß, wie die Leute in der Bassa sind. ... *Falco rosso, Mitra, Pistolero,* stammen die nicht von hier?»

Peppone kam es vor, als höre er einen leisen sarkastischen Unterton in der Stimme der halben Portion, vor allem bei der Erwähnung der drei berühmtesten Figuren der äußersten Linken in der Bassa, und er empörte sich.

«Mein lieber Herr, *Falco rosso, Mitra* und *Pistolero* sind keine Leute aus der Bassa. Das sind drei verdammte Wirrköpfe, die zwar hier geboren sind, aber genausogut woanders hätten auf die Welt kommen können. Sie dürfen uns in der Bassa nicht nach drei Halbstarken beurteilen, die ihren Beruf als Schweinediebe auf die Politik übertragen haben und jetzt zu Recht im Gefängnis sitzen. Sie müssen sich die anderen ansehen! Glauben Sie vielleicht, daß hier in der Bassa die Gewalttätigen, die Lumpen und die Gottlosen das Wort führen?»

«Nein, nein!» protestierte die halbe Portion lebhaft. «Das wollte ich nicht behaupten. Ich hab' die drei nur erwähnt, weil die Zeitungen soviel über sie geschrieben haben ...»

«Die Zeitungen! Sie dürfen nicht in die Zeitungen schauen, wenn sie die Bassa verstehen wollen. Sie müssen uns anschauen!»

Der Wagen fuhr an der Madonnenstatue von Crociletto vorbei, und Peppone zog den Hut, um der Madonna die Ehre zu erweisen. Die halbe Portion, die keinen Hut aufhatte, neigte den Kopf.

«Ich sehe mit Freude, daß auch Sie ein guter Christ sind!» bemerkte Peppone befriedigt. «Und gute Christen verstehen einander immer, auch wenn sie unterschiedliche Anschauungen haben.»

Die halbe Portion warf ihm einen so perplexen Blick zu, daß Peppone den Jackenkragen hochschlug, um unauffällig das Parteiabzeichen aus dem rechten Knopfloch zu fingern. «Wenn dieses Muttersöhnchen auch nur ahnt, daß ich Kommunist bin, haut es ihn um», dachte er.

«Gute Christen sind auch gute Familienväter und damit auch gute Patrioten – hab' ich nicht recht?» rief er mit Pathos.

«Natürlich», erwiderte die halbe Portion. «Gott, Vaterland und Familie! Das ist die Basis.»

«Bravo! Das ist die richtige Einstellung! Glauben, gehorchen und kämpfen!»

Peppone merkte, daß er etwas gesagt hatte, was er so eigentlich gar nicht hatte sagen wollen. Doch wie auch immer: Als er nach dem Reisegefährten schielte, entdeckte er auf den Lippen der halben Portion ein beifälliges Lächeln. Versteht sich – genau das hatte Peppone erwartet. Aber er wollte es noch einmal bestätigt bekommen.

«Ich sehe, daß man mit Ihnen offen reden kann. Also gradheraus: Zwei Menschen können denken, was sie wollen, aber wenn es sich um Ehrenmänner handelt, müssen sie anerkennen, was recht ist. Tatsachen sind

Tatsachen, und Märchen sind Märchen. Man kann einen Menschen nicht bloß verurteilen und behaupten, alles, was er gemacht hat, ist falsch. Er hat manches verkehrt gemacht, aber seien wir doch ehrlich, er hat auch Gutes getan. Und wenn das einer leugnet, dann ist er ein gemeiner Kerl! Hab' ich recht oder nicht?»

«Sehr recht!» rief die halbe Portion. «Ich bin völlig Ihrer Ansicht! Er war ein außergewöhnlicher Mensch. Außergewöhnlich in seinen Vorzügen und in seinen Fehlern, aber außergewöhnlich. Solche Männer gibt es nicht mehr auf der Welt.»

Inzwischen hatte es aufgehört zu regnen, und als sie durch die Ortschaft Fraschetto kamen, mußte das Jüngelchen langsamer fahren, weil sich vor dem Volkshaus eine Menschenmenge um zwei junge Männer gebildet hatte, die Plakate zum bevorstehenden Landarbeiterstreik anschlugen.

Das Jüngelchen wandte sich mit einem besorgten Blick zu Peppone, doch der beruhigte es:

«Lassen Sie sich nicht beeindrucken», sagte er grinsend. «Angeklebtes Papier, in das man nicht einmal mehr die Kartoffeln einwickeln kann! Das hat überhaupt keine Bedeutung. Wissen Sie, was vor ein paar Tagen beim Generalstreik hier los war?»

«Nein», sagte der junge Mann.

«Plakate, Spruchbänder, Reden, Befehle und Gegenbefehle, nur um den Generalstreik vorzubereiten – und dann haben alle gearbeitet. Alle, verstehen Sie: Rote, Schwarze, Grüne, Weiße und Gelbe. So ist die Bassa: Hier zählt nur die Sache, nicht das Geschwätz!»

«Sehr gut!» stimmte der junge Mann befriedigt zu. «Wenn man sich um die Politik kümmern wollte ...»

«Die Politik ist der Ruin der Familie!» rief Peppone. «Daher hab' ich meine eigenen Anschauungen, und an die halte ich mich, ohne daß ich deshalb einer Partei beitreten muß! Und Sie?»

«Ich genauso! Man braucht wirklich kein Parteibuch, um Anschauungen zu haben! Im Gegenteil, meistens haben die, die eines besitzen, keine und umgekehrt.»

«Wie wahr!» rief Peppone.

Doch inzwischen waren sie angekommen. Bei der Einfahrt ins Dorf fing der Wagen wegen der großen Löcher, mit denen die Hauptstrasse zwischen dem Schotterbelag übersät war, zu hopsen an.

«Zum Teufel mit dem Bürgermeister und seinem ganzen Gemeinderat!» fluchte der junge Mann. «Schauen Sie sich nur diese Schweinerei an!»

Dann bekam er plötzlich Angst, einen Fauxpas begangen zu haben, und fragte mit dünner Stimme: «Wer stellt denn hier die Verwaltung?»

«Die Kommunisten», erwiderte Peppone.

Das Jüngelchen stieß einen tiefen Seufzer der Erleichterung aus: «Das hab' ich mir gedacht. Statt Politik zu machen, sollten sie lieber die Straßen richten.»

«Ganz recht!» pflichtete ihm Peppone bei.

Dann bat er den jungen Mann anzuhalten.

«Ich bin da», sagte er und stieg aus. «Ich danke Ihnen vielmals. Gute Weiterfahrt.»

Er machte zwei Schritte, aber der junge Mann rief ihn zurück: «Ihr Maschinengewehr!» sagte er lachend und streckte das Kupferrohr durchs Autofenster.

«Wenn alle Maschinengewehre so wären wie das hier, dann ginge es besser zu auf der Welt», erwiderte Peppone ebenfalls lachend, während er das Rohr herauszog.

Der Fiat 1400 fuhr weg, und Peppone sah ihm nach. «Was gibt es Schöneres», dachte er, «als einem armen Irren eine Freude zu machen? Dieser Trottel da wird heut nacht ruhig schlafen, und wenn er morgen in die Stadt zurückfährt, wird er den anderen halben Portionen dort erklären, daß es überhaupt keine kommunistische Gefahr gibt und daß die berüchtigte Bassa völlig harmlos ist.»

Um mit seiner Arbeit fertig zu werden, hämmerte Peppone bis um vier Uhr morgens herum und schlief dann bis elf. Er hätte auch noch länger geschlafen, wenn nicht der Smilzo um diese Zeit gekommen wäre, um ihn zu holen.

«Chef, der Bezirkssekretär von der Partei ist da», erklärte er ihm. «Er erwartet dich in deinem Büro.»

Um elf Uhr zwanzig war Peppone im Volkshaus. Er trat in sein Büro, und wen fand er dort? Die halbe Portion vom Vorabend! Die Verblüffung war auf beiden Seiten gleich groß.

Die halbe Portion fand als erster die Sprache wieder: «Ich bin der Bezirkssekretär», stellte er sich vor.

«Und ich der Sektionsvorsitzende und Bürgermeister», antwortete Peppone.

Sie schüttelten sich die Hand.

«Die Bezirksleitung möchte wissen, wie der Generalstreik in der Gemeinde verlaufen ist.»

«Ausgezeichnet! Totale Arbeitsniederlegung!»

«Gratuliere, Genosse! Und wie läßt sich der Landarbeiterstreik an?»

«Noch besser als der Generalstreik.»

Die halbe Portion lächelte: «Bravo, Genosse! Ich hab'

schon von dir gehört, und ich freue mich, daß ich dich jetzt kennenlerne.»

Sie setzten sich hin.

Smilzo brachte eine Flasche Wein und zwei Gläser, dann entfernte er sich und schloß die Tür sorgsam hinter sich.

Peppone schenkte den Wein ein. Sie tranken.

«Das war eine interessante Fahrt gestern abend», begann die halbe Portion. «Du bist großartig, Genosse Bottazzi, du kannst deine wahren Gefühle ausgezeichnet verbergen.»

«Auch du kannst deine wahren Gefühle ausgezeichnet verbergen, Genosse Bezirkssekretär.»

Feierlich kam die halbe Portion zu dem Schluß: «Wir sind beide großartig. Die Partei kann mit uns zufrieden sein.»

Peppone wiegte den Kopf: «Jetzt ginge es nur noch darum», murmelte er, «ob wir mit der Partei zufrieden sein können.»

Die halbe Portion füllte die beiden Gläser und sagte: «Mach weiter so, Genosse Bottazzi!»

Darauf tranken sie.

Dann stellten sie übereinstimmend fest, daß der Lambrusco ein ausgezeichneter Aperitif sei, und gingen zum Molinetto über.

Und darauf aßen sie.

Das Katzenrohr

Die Gnappi saßen seit fast einem Jahrhundert als Halbpächter auf Fossa, und Fossa gehörte zu einer Gruppe von Höfen, die seit fast einem Jahrhundert im Besitz der Barotti waren.

Man hätte also meinen können, daß die Gnappi für die Barotti schon fast zur Familie gehörten. Doch jedesmal, wenn der alte Bia, der Stammeshäuptling der Gnappi, in Villabianca auftauchte, bekam der Doktor Barotti vierzig Grad Fieber. Und zum Ausgleich dafür bekamen sämtliche Gnappi vierzig Grad Fieber, sobald der Doktor Barotti auf der Tenne von Fossa erschien.

Der Doktor Barotti hatte sich noch nie mit Politik befaßt, und er hatte auch nicht die geringste Absicht, sich künftig damit zu befassen. Dagegen befaßten sich die Gnappi damit, und das genügte, jede Unstimmigkeit zwischen Grundherr und Pachtbauer in eine politische Streitfrage zu verwandeln.

Die Tatsache zum Beispiel, daß der Doktor Barotti nicht auf den Vorschlag einging, eine Reihe Maulbeerbäume herauszunehmen, hatte nichts mit Politik zu tun, und Barotti dachte auch gar nicht daran, daraus eine politische Streitfrage zu machen, aber während es für ihn um nichts als eine Reihe Maulbeerbäume ging, ging es für die Gnappi um eine Episode im Kampf zwischen dem ausbeuterischen Kapitalisten und dem ausgebeuteten Arbeiter.

Natürlich, wenn die Gnappi dickschädlig waren, so war auch Barotti nicht gerade die Nachgiebigkeit in Person, und die Beziehungen zwischen Grundherr und Pachtbauer wurden immer schwieriger. Bis der Moment kam, an dem Barotti keine Lust mehr hatte, mit unvernünftigen Leuten vernünftig zu reden, und die Diskussion schroff abbrach:

«Wie dem auch sei, das Land gehört mir, und ich möchte es so bebaut haben, wie ich es mir vorstelle. Wenn euch das nicht paßt, dann müßt ihr euch eben einen anderen Grundherrn suchen!»

Der alte Gnappi hob den Zeigefinger: «Bevor Ihr so daherredet, solltet Ihr Rücksicht auf jemand nehmen, der Euch auf den Armen getragen hat. Wißt Ihr noch, wie oft Ihr mich vor fünfundvierzig Jahren, als Ihr noch ein so kleiner Dreikäsehoch wart, angepinkelt habt?»

«Das ist noch lang kein Grund, daß ich mich jetzt von euch anpinkeln lassen soll», entgegnete Barotti mürrisch.

«Anstatt Euch auf den Schultern herumzutragen, hätte ich Euch lieber in den Kanal schmeißen sollen!» schrie der alte Bia, der zwar schon achtundsechzig war, im Notfall jedoch so hitzig werden konnte wie ein Zwanzigjähriger.

Bei diesem Stand der Dinge hätte es der Sache mit dem Katzenrohr wirklich nicht mehr bedurft. Doch der Teufel hatte seinen Schwanz dazwischen.

Das ganze Wasser auf dem zu Fossa gehörenden Land floß in ein Kanälchen, das das Grundstück in zwei Teile zerschnitt und durch ein «Katzenrohr» in den Canalnuovo mündete. Genauer gesagt: Das Kanälchen stieß an der Ostgrenze des Grundstücks auf den Grenzgraben, der dem Besitzer des Nachbarhofes gehörte, und um in den Canalnuovo zu gelangen, mußte das Abflußwasser vom Barottigrundstück unter dem Grenzgraben durchfließen. Dazu diente das berühmte «Katzenrohr», eine etwa elf Meter lange Leitung aus solidem Zement.

Man nennt das hier «Katzenrohr», um anzudeuten, daß nur noch eine Katze durchkäme, da die Katzen sieben Leben und Knochen aus Gummi haben und durch alle Löcher kommen. Niemandem fiele es ein, von «Hunderohr» zu sprechen, denn obwohl eine solche Leitung einen Durchmesser von einem halben Meter hat, wird sie mit der Zeit durch Erdreich, Gestrüpp und sonstige Dinge, die sich fatalerweise im Knie sammeln, beträchtlich verengt.

Dem Hund von Doktor Barotti war diese Tatsache leider unbekannt, und als er eines Tages seinen Herrn bei der Inspektion der Felder begleitete, sah er eine Katze, die, nachdem sie auf dem fast trockenen Grund des Grabens dahingeflitzt war, plötzlich im Abflußrohr verschwand. Sofort nahm er die Verfolgung auf. Doch nachdem er mit Leichtigkeit in das Katzenrohr geschlüpft war, verhedderte er sich weiter drinnen so unglücklich in Schlamm und Unrat, daß er sich nicht mehr befreien konnte.

Barotti bemerkte das traurige Abenteuer, in das sich sein Hund gestürzt hatte, erst eine Stunde später, nämlich als er das herzzerreißende Jammern hörte, das aus dem Abflußrohr drang. Darauf lief er sofort zum Haus der Gnappi, um Hilfe zu holen, doch als er mit zwei oder drei von ihnen an die Unglücksstelle zurückkam, konnte er seinem armen Hund nur noch einen bewegten letzten Gruß nachsenden: Oben am Canalnuovo hatte irgend jemand nach Beendigung seiner Bewässerungszeit die Schleuse geöffnet, und das Wasser, das nun wieder im Canalnuovo floß, hatte den unteren Teil des Katzenrohrs gefüllt.

«Amen», murmelte der alte Bia. «Er ist so gestorben, wie gewisse Leute krepieren sollten, die ich kenne.»

Der Doktor Barotti kehrte sehr betrübt nach Hause zurück, die Tage vergingen, aber er konnte seinen armen Hund, der wie eine Ratte verreckt war, nicht vergessen. Als es dann zu regnen anfing, mußte er erst recht an ihn denken, denn nach zwei Tagen wolkenbruchartiger Regenfälle kam der alte Bia nach Villabianca, um mitzuteilen, daß der Abflußkanal überlaufe und die Felder sich in die Lagune von Venedig verwandelten.

Barotti verwunderte sich: «Das ist ja was ganz Neues. Zieht der Canalnuovo nicht mehr?»

«Der Canalnuovo zieht», erklärte Bia. «Das Katzenrohr zieht nicht mehr.»

«Das passiert doch nicht zum erstenmal», rief Barotti. «Wenn das Katzenrohr verstopft ist, dann schaut, daß ihr es ausräumt!»

«Das geht uns nichts an», antwortete Bia kühl. «Das ist Eure Sache. Ihr habt es verstopft.»

«Ich?»

«Jawohl. Der Hund war von Euch und nicht von uns. Der Hund war schließlich nicht auf Halbpacht.»

«Eine schöne Logik! Auch der Schlamm, die Steine und das Gestrüpp sind nicht auf Halbpacht, und doch habt ihr das Katzenrohr noch immer ausgeräumt, ohne zu diskutieren.»

Bia schüttelte den Kopf: «Damit kommt Ihr nicht

durch. Die Steine, das Gestrüpp und der Schlamm sind Naturereignisse wie der Hagel, die Trockenheit oder der Nebel. Dafür könnt weder Ihr was noch wir. Aber wenn Euer Hund morgen meinem jüngsten Enkel das Bein wegfrißt, zahlen wir dann vielleicht das Bein zur Hälfte? Für Euren Hund seid Ihr ganz allein verantwortlich, das hat überhaupt nichts mit dem Hof zu tun. Euer Hund hat das Katzenrohr verstopft, also müßt Ihr es ausräumen. Wenn Ihr es nicht ausräumt, dann wird der Schaden, den das Wasser anrichtet, nicht geteilt, sondern den zahlt Ihr ganz allein!»

Die Argumentation des alten Bia war einleuchtend, und Barotti, der Doktor der Jurisprudenz war, mußte das anerkennen. Er machte nur einen Einwand:

«Ja, das ist alles logisch. Doch wenn ich sehen würde, daß Ihr in einen Kanal fallt, dann würde ich Euch herausziehen, obwohl es sich um ein Unglück handelt, das nichts mit der Halbpacht zu tun hat.»

«Ich dagegen würde Euch nicht herausziehen, wenn ich sehen würde, wie Ihr in den Kanal fallt», antwortete Bia eiskalt. «Ich halte mich nur an das, was im Vertrag steht.»

«Gut, von jetzt an werde auch ich mich daran halten.»

Der Doktor Barotti schickte fünf Männer nach Fossa mit dem Auftrag, das Katzenrohr um jeden Preis freizuräumen. Das Katzenrohr wurde freigeräumt, und das Abflußwasser fand wieder seinen gewohnten Weg. Doch von nun an ließ sich Barotti jedesmal von zwei Zeugen begleiten, wenn er die Felder in Fossa inspizierte. Und jedesmal, wenn er etwas zu beanstanden hatte, teilte er das den Gnappi mit, aber nicht mehr mündlich, sondern per Einschreiben.

Nach dem fünften Brief riß den Gnappi die Geduld, und der älteste von Bias Söhnen legte Peppone die provozierenden Dokumente vor und erklärte ihm:

«Chef, wenn sich der Barotti das nächste Mal auf der Tenne sehen läßt, jag' ich ihn mit Fußtritten davon, samt den verfluchten Kerlen, die er immer als Zeugen mitschleppt.»

«Du jagst gar niemanden mit Fußtritten davon», erwiderte Peppone. «Wenn er dich schikaniert, schikanierst du ihn auch – und ebenfalls per Einschreiben.»

Gnappi sah ihn verständnislos an: «Und was soll ich ihm schreiben?»

«Alles, was euch nicht paßt: Reparaturen, sanitäre Anlagen, Steuern, Ungerechtigkeiten, Übergriffe, Vertragsbrüche und so weiter.»

Diese Erläuterungen schienen Gnappis Zweifel jedoch nicht zu zerstreuen.

«Chef, der Barotti ist zwar ein Schwein, aber an die Abmachungen hält er sich.»

«Als ob so ein verdammter Grundbesitzer sich an Abmachungen halten könnte!» höhnte Peppone. «Es geht nicht nur um das, was im Vertrag steht. Es gibt auch Pflichten, die nicht im Vertrag stehen, und das sind die wichtigsten! Steht vielleicht in deinem Vertrag, daß sich der Grundherr verpflichtet, für einen Ausguß ohne Kakerlaken zu sorgen?»

«Nein.»

«Und sind in deinem Ausguß Kakerlaken?»

«Milliarden!»

«Genügt dein Grundherr damit also den Anforderungen des sozialen Fortschritts?»

«Nein.»

«Gut. Fang also mit den Kakerlaken an. Zeugen und Einschreibebrief! Wenn er nicht dafür sorgt, daß dein Ausguß den hygienischen Vorschriften entspricht, dann schreib an den Bürgermeister, und ich schick' dir einen vom Gesundheitsamt, der die Sache feststellt.»

Der junge Gnappi kehrte nach Hause zurück, und die erste Vergeltungsaktion wurde unternommen – mit eingeschriebenen Kakerlaken.

Vier Tage später war er schon wieder bei Peppone.

«Er hat geantwortet.»

«Und was schreibt er?»

«Wir sollen einmal in der Woche das weiße Pulver unter den Ausguß streuen. Er hat es auch gleich mitgeschickt. Das Pulver wirkt prima: Die Kakerlaken sind weg.»

Peppone wurde grün vor Wut.

«Ihr laßt euch wie Trottel an der Nase herumführen!» schrie er. «Jedenfalls müßt ihr sofort weitermachen. Jetzt fangt ihr mit dem Abort an. Wie ist euer Abort?»

Gnappi öffnete die Arme: «Wie alle andern auch: eine Sauerei.»

«Gut! Schreibt einen Einschreibebrief: Wenn er sich nicht drum kümmert, schicken wir ihm die Behörde.»

Die Gnappi schrieben, und der Doktor Barotti antwortete sofort:

«Ich nehme Eure berechtigte Beanstandung zur Kenntnis. Ich bestelle unverzüglich eine komplette Sanitäranlage. Sobald die Gemeinde die Wasserleitung gelegt hat, bitte ich um Mitteilung, ich lasse dann die Installation vornehmen. Sollte die Gemeinde nicht die Absicht haben, die Leitung zu legen, werde ich eine elektrische Wasserpumpe installieren, vorausgesetzt, daß mir die Gemeinde sagt, wo ich die vier Millionen Lire herbekomme, die ich für die dreieinhalb Kilometer Stromleitung benötige. Ich bin auch jederzeit bereit, einen Brunnen mit Motor- oder mit Saugpumpe zu installieren, wenn die Gemeinde auch alle anderen Grundbesitzer verpflichtet, das zu tun.»

Es war eine in jeder Hinsicht komplizierte Angelegenheit, und Peppone beschloß, im Moment nicht darauf einzugehen. Vielmehr riet er den Gnappi, es mit den Naturalabgaben zu versuchen.

«Ihr habt doch Abgaben?»

«Natürlich: Hühner, Eier und so weiter, wie alle anderen.»

«Die Abgaben sind vom Gesetz verboten. Weißt du das nicht?»

«Doch, aber das regelt man außerhalb des Vertrags, weil die Hühner und das Schwein nicht auf Pacht sind und deshalb nicht zur Hälfte dem Grundherrn gehören.»

«Das hat keine Bedeutung. Steht im Vertrag, daß es dir verboten ist, Hühner und Schweine zu halten?»

«Nein.»

«Darauf kommt's an. Wenn der Vertrag abläuft, wird man weitersehen.»

Die Gnappi besprachen die Sache mit den Abgaben, und alle fanden sie ausgezeichnet. Sie warteten den ersten Fälligkeitstermin ab und schickten ihren Einschreibebrief:

«Da wir erfahren haben, daß die Abgaben verboten sind, schicken wir Euch heute statt der zwei von Euch unrechtmäßig geforderten Kapaune diesen Brief. Kocht Euch eine Brühe daraus. Es wird zwar eine leichte Brühe geben, aber sie ist genau richtig.»

Barotti war gekränkt. Nicht wegen der Kapaune, die er zur Genüge hatte, sondern wegen der kleinlichen Haltung. Und er beschloß, ein für allemal ein Ende zu machen.

Er schickte ebenfalls einen Einschreibebrief: «Da ich erfahren habe, daß Ihr außer meinem Hof auch noch das Anwesen Piopetta in Pacht führt, könnt Ihr nicht mehr als Kleinbauern gelten. Da ich jedoch gehalten bin, einen Kleinbauern auf mein Anwesen zu setzen, sehe ich mich leider gezwungen, Euch die Pacht aufzukündigen.»

Von da ab ließ sich der Doktor Barotti nicht mehr in Fossa sehen, und die Gnappi tobten alle vor Wut.

Die Sache wurde von Tag zu Tag verwickelter, weil Peppone und die Roten sie zu ihrer persönlichen Angelegenheit machten. Es gab Plakate an den Straßenecken, Artikel in der Zeitung, und an die Torpfosten von Villabianca schrieb eine Geisterhand mit Pech: «Barotti, Ausbeuter des Volkes, deine Stunde ist nahe!»

Doch Barotti hatte das Gesetz auf seiner Seite. Das Gesetz und die Durchschläge der Einschreibebriefe. Der Krieg dauerte ein ganzes Jahr, aber dann wurde entschieden, daß die Gnappi zum Martinstag Fossa verlassen mußten.

Der Sankt-Martins-Tag kam, und die Gnappi übersiedelten auf den neuen Hof, den Bia gepachtet hatte. Der letzte Wagen fuhr von der Tenne, auf dem Traktor saß Bias ältester Sohn. Er passierte die kleine Brücke und fuhr auf die Straße hinaus, dann stellte er den Motor ab.

«He, beeilt Euch, es kommt jeden Augenblick zum Regnen!» rief er seinem Vater zu, der unter dem Vordach stand, zusammen mit dem Mann, den der Doktor

Barotti mit der Übernahme des toten und lebenden Inventars beauftragt hatte.

Der alte Bia machte ein paar Schritte. An der Hand führte er ein kleines Kind, den jüngsten seiner fünf Enkel, und hinter ihm trottete Togo, der altersschwache Hofhund. Als Bia in der Mitte der leeren und verlassenen Tenne angekommen war, blieb er stehen.

«Ich rühr' mich nicht vom Fleck», erklärte er, «bis der kommt und mir Lebwohl sagt.»

Dem Vertrauensmann des Doktor Barotti blieb der Mund offen stehen.

«Aber ...» stammelte er, «wie soll man das denn machen? Ich weiß nicht ...»

Da mischte sich Gnappi junior vom Traktor herab ein: «Papa», schrie er, «kommt jetzt! Es fängt gleich an zu regnen. Laßt ihn doch sein, diesen Lumpenkerl!»

«Sei du still!» fuhr ihn der Alte an. Dann wandte er sich an den Vertrauensmann: «Ich rühr' mich nicht vom Fleck, bis der kommt und mir Lebwohl sagt», wiederholte er mit fester Stimme.

Inzwischen begann es in dichten Fäden zu regnen. Der Alte zog das Kind unter seinen Umhang, und der Hund kauerte sich zu seinen Füßen.

«Nach hundert Jahren verlassen die Gnappi Fossa», sagte er. «In einem Jahrhundert werden die Gnappi doch auch etwas Gutes für die Barotti getan haben!»

Als der Vertrauensmann sah, daß der alte Bia starr wie eine Statue im Regen stand, sprang er in seinen Topolino und raste in Höchstgeschwindigkeit nach Villabianca.

Der Doktor Barotti saß in seinem Arbeitszimmer vor dem Kamin.

«Bia will Sie sehen», sprudelte der Vertrauensmann heraus, sobald er im Zimmer war.

«Zum Teufel mit ihm und seiner ganzen Sippschaft!» antwortete Barotti.

«Er steht mitten auf der Tenne, mit einem Kind und dem Hund. Im Regen. Er sagt, wenn Sie nicht kommen und ihm Lebwohl sagen, rührt er sich nicht vom Fleck. Der älteste Sohn wartet mit der letzten Fuhre auf der Straße. Ich an Ihrer Stelle würde nicht hingehen. Der Sohn ist halbverrückt, das wissen Sie ja.»

Barotti stand auf: «Bleiben Sie hier. Ich geh' allein.»

Als Barotti die kleine Brücke von Fossa erreicht hatte, hielt er an und stieg aus dem Auto. Gnappi junior, der immer noch am Lenkrad des Traktors saß, drehte ostentativ den Kopf auf die andere Seite. Barotti trat auf die kleine Brücke, und da sah er den alten Bia vor sich mit dem schwarzen Umhang, reglos im Regen, in der Mitte der großen verlassenen Tenne.

Der schwarze Umhang bewegte sich, und das Kind schlüpfte heraus. Togo, der Hund, erhob sich.

Nach einem kurzen Zögern ging Barotti entschlossen auf den alten Bia zu.

«Nach einem Jahrhundert verlassen die Gnappi Fossa», sagte der Alte. «Sie sind als Ehrenmänner gekommen, und sie gehen auch als Ehrenmänner, mit erhobener Stirn.»

Seine rechte Hand kam aus dem Umhang hervor und traf sich auf halbem Weg mit der Rechten des Doktor Barotti.

Der Händedruck war hart und lang, nach Bauernart.

Als die rechte Hand des alten Bia wieder unter den

Umhang zurückgekehrt war, schlüpfte die linke heraus, die zwei große Kapaune an den Füßen hielt.

«Jedem, was ihm zusteht – und was er verdient», sagte der alte Bia und streckte Barotti die beiden Kapaune hin.

Der Doktor blieb wie eine Salzsäule mit den beiden Kapaunen in der Hand stehen, während der alte Bia langsam mit dem Kind und dem Hund auf die Brücke zuschritt. Auf der Brücke wandte sich Bia um und zog mit ausholender, feierlicher Geste den Hut.

Mit ausholender, feierlicher Geste zog auch Barotti den Hut.

Der alte Bia setzte seinen Hut wieder auf, machte kehrt und stieg auf den Wagen. Der Traktor ratterte los und verschwand.

Jetzt war alles leer und verlassen: die Straße, die große Tenne. Und inmitten der leeren und verlassenen großen Tenne stand immer noch reglos der Doktor Barotti, den Hut in der Rechten und die Kapaune in der Linken. Und er wußte nicht, ob er dem Rattern des davonfahrenden Traktors lauschte oder dem Pochen seines Herzens.

Wie es doch regnete!

Die alte Lehrerin

«In diesem Jahr», meldete der Smilzo, «scheint der Direktor wegen der Pflanzen einen großen Zirkus aufführen zu wollen.»

«Was für Pflanzen?» fragte Peppone, der in seinem Büro am Schreibtisch saß und Papiere unterschrieb.

«Die Pflanzen im Schulhof», brummte Smilzo. «Ich meine den Tag der Pflanze.»

«Die Pflanzen im Schulhof heißen Bäume», korrigierte ihn Peppone. «Der Tag der Pflanze heißt also Tag des Baumes!»

«Pflanzen oder Bäume, ist doch egal. Worum es geht, ist, daß morgen früh eine Reihe Nervensägen aus der Stadt zu uns kommen: Schulrat, Vizepräfekt und so weiter.»

Peppone hörte mit dem Unterschreiben auf: «Und wenn der Papst kommt, ich rühr' mich nicht vom Fleck!» erklärte er entschlossen. «Ich hab' für solchen Blödsinn keine Zeit.»

Smilzo hob die Schultern: «Chef, die Pflanzen sind kein Blödsinn, finde ich wenigstens.»

«Die Pflanzen nicht, aber die Bürokraten aus der Stadt», entschied Peppone. «Unsere Bäume können wir auch allein setzen, dazu brauchen wir nicht die von der Regierung. Die rühren sich nur von ihrem Sessel, wenn es darum geht, Schulkinder singen zu hören, oder wenn sie ein Band durchschneiden sollen zur Eröffnung von irgend etwas, das bereits fertig ist. Aber wenn es wo Schwierigkeiten gibt, rühren die sich bestimmt nicht. Von mir aus können sie alle zum Teufel gehen!»

Der Smilzo gab es noch nicht auf, Peppone zur Vernunft zu bringen: «Chef, ich bin ganz deiner Meinung: Alles Gauner, vom Präfekten bis zum Hausmeister. Trotzdem hast du als Bürgermeister die Pflicht ...»

«Als Bürgermeister habe ich die Pflicht, an Wichtigeres zu denken!» brüllte Peppone und ließ seine Pranke auf den Schreibtisch fallen.

Smilzo zog Leine und hütete sich, noch einmal auf das Thema zurückzukommen, so daß Peppone, als er an diesem Abend zu Bett ging, Festivitäten und Obrigkeiten bereits völlig vergessen hatte.

Die ganze Angelegenheit fiel ihm erst wieder ein, als am nächsten Morgen Bigio und Brusco hereinstürzten:

«Die von der Regierung kommen! Das ganze Dorf ist auf den Beinen, auf der Straße zur Schule drängen sich die Leute. Beeil dich! Wenn du zu spät kommst, verlierst du eine Menge Stimmen!»

Das bedeutete, daß Peppone sich seinem Amt entsprechend anziehen mußte, sich rasieren, jemanden zum Schuster schicken, um die neuen Schuhe abzuholen – und er geriet sofort in Panik. Er richtete ein höllisches Durcheinander an, begleitet von Salven von Flüchen und einem Gebrüll, daß sich die Dachziegel hoben, und wenn ihm Bigio und Brusco nicht geholfen hätten, wäre es ihm nie gelungen, sich in eine präsentable Form zu bringen.

Endlich konnte Peppone das Haus verlassen, aber die von der Regierung waren bereits alle da, und im Schulhof drängte sich eine solche Menschenmenge, daß Peppone sich vom Bürgermeister in einen Panzer verwandeln mußte, um überhaupt hineinzukommen.

Die Regierungsvertreter standen schon auf der weißrot-grün geschmückten Tribüne, und als Peppone sah, daß der Schuldirektor bereits ein dickes Bündel Blätter herausgezogen hatte und Anstalten machte, seine Rede zu beginnen, war er der Verzweiflung nahe: Wenn es ihm nicht gelang, sich auf die Tribüne zu hieven, ehe dieser Unglücksmensch zu reden anfing, war er ruiniert!

Er schaffte es nicht. Der Direktor drehte sofort den Hahn auf, und nachdem Peppone mit seinem Drängeln viel wütendes Gezisch hervorgerufen hatte, blieb er zornbebend stehen.

Der Direktor sprach hervorragend. Er war einer jener begnadeten Redner, denen es gelingt, eine halbe Million schöner Worte hervorzusprudeln, ohne etwas damit zu sagen. Diese Art Redner findet bei der Menge am meisten Anklang, denn die Leute lauschen ihnen wie Sängern und brauchen sich gar nicht erst Mühe zu geben, dem Sinn der Worte zu folgen.

Peppone hörte mit offenem Mund zu, als ihm von hinten jemand ins Ohr flüsterte: «Bravo, bravo, der erste Bürger kommt als letzter.»

Peppone drehte sich nicht einmal um: «Wenn schon, dann als vorletzter», gab er halblaut zurück. «Mir scheint, da ist jemand noch nach dem Bürgermeister gekommen.»

«Ich war vor allen anderen da», erklärte Don Camillo. «Ich hab' mich nur hier hinten hingestellt, um nicht mit gewissen Individuen auf die Honoratiorentribüne zu müssen. Aber das kannst du dir merken: Du hast das Dorf ganz schön blamiert! Die höchsten Regierungsvertreter der Provinz beehren unser Dorf, um an diesem Fest teilzunehmen, und keine Spur von einem Bürgermeister oder Vizebürgermeister, der sie empfängt!»

Peppone lüftete seinen Hut und wischte sich den Schweiß ab.

«Kümmert Ihr Euch um Eure eigenen Angelegenheiten!» knurrte er mit zusammengebissenen Zähnen. «Um die meinen kümmere ich mich schon selbst.»

«Das *sind* meine Angelegenheiten, denn auch ich bin ein Teil der Bürgerschaft», erwiderte Don Camillo.

«Priester haben keine Heimat», antwortete Peppone.

Don Camillos erster Impuls war, seinem Vordermann einen Fußtritt in den Bürgermeisterhintern zu geben. Aber er entsagte diesem Gelüst aus einleuchtenden Gründen, vor allem jedoch aus Platzmangel. Tatsächlich stand er rechts und links von der Menge eingezwängt, unmittelbar vor sich hatte er Peppones Rücken und hinter sich den Gitterzaun des großen Schulhofs.

Mittlerweile hatte der Direktor seine Rede unverdrossen fortgeführt, doch nun war er damit fast am Ende. Als er beim allerletzten Blatt angelangt war, richtete er seinen Blick auf die Seite, wo Don Camillo stand, und entdeckte dabei Peppone. Lächelnd fügte er noch zwei Sätze ein:

«Und nun möchte ich den Herren von der Regierung danken – im Namen des Lehrkörpers. Im Namen der Bürgerschaft wird dies der Herr Bürgermeister tun.»

Damit wies der Redner mit liebenswürdiger Geste auf Peppone, der sofort eine Milliarde Augen auf sich gerichtet fühlte. Dann hörte man die Schlußsalve des Direktors, den Applaus, der dem letzten Pistolenschuß des Redners folgte – und dann gar nichts mehr.

Tatsächlich hielten alle den Atem an, und jeder wartete darauf, daß der Bürgermeister das Wort ergriff.

Alle warteten, und mit Ausnahme der roten Anhängerschaft taten sie das mit diabolischer Freude auf Peppones übliche Stilblüten, über die man dann zwei bis drei Monate lang im Kaffeehaus oder daheim lachen konnte.

Peppone schwitzte vor Aufregung, aber er brachte kein Wort heraus.

«Bitte!» rief der Direktor lächelnd von der Tribüne, «kommen Sie hier herauf ans Mikrofon, Herr Bürgermeister. Darf ich bitten, Platz zu machen!»

Irgend etwas mußte jetzt geschehen.

«Danke, danke», stotterte Peppone. «Ich möchte lieber nicht von der Tribunale ...»

Das Publikum jubelte. Die Sache ließ sich großartig an.

Es war ein kalter Novembermorgen, und der Nebel war zwar nicht allzu dicht, aber er drang wie flüssiges Eis in die Lungen. Don Camillo zog seinen Umhang bis an die Augen und drückte seine warme schwarze Kappe tief ins Gesicht.

«Ich möchte lieber nicht von der Tribüne, sondern von hier unten aus sprechen», flüsterte Don Camillos Umhang.

«Ich möchte lieber nicht von der Tribüne, sondern von hier unten aus sprechen», wiederholte Peppone.

Der Umhang: «Denn ich habe mich absichtlich hierhergestellt ...»

Peppone: «Denn ich habe mich absichtlich hierhergestellt ...»

Der Umhang: « ... um mich wieder wie früher als

Schuljunge zu fühlen, wie eines von den Kindern, die hier zu Hunderten versammelt sind.»

Und Peppone: « ... um mich wieder wie früher als Schuljunge zu fühlen, wie eines von den Kindern, die hier zu Hunderten versammelt sind.»

«In eben diesem Schulhof haben auch wir damals feierlich unsere Bäume gepflanzt. Der Himmel und das Dorf waren zwar wie alle Tage, und doch lag etwas Geheimnisvolles in der Luft.»

Peppone war großartig: Er wiederholte Wort für Wort der langen Tirade, und Don Camillos Umhang soufflierte weiter: «Und unsere alte Lehrerin war bei uns.»

Peppone zögerte einen Moment, dann nahm er seinen Hut ab und sagte mit veränderter Stimme: «Und unsere alte Lehrerin war bei uns.»

«Und heute, nach so vielen Jahren», sagte Don Camillos Umhang ein, «erneuert sich dieses Staunen ...»

Aber Peppone griff es diesmal nicht auf:

«Unsere alte Lehrerin war bei uns, damals, an jenem längst vergangenen Morgen. Die alte Signora Giuseppina, die keiner von uns jung gekannt hat, vielleicht, weil sie nie jung gewesen war. Die alte Signora Giuseppina ist tot, aber sie ist immer noch lebendig, denn sie kann gar nicht sterben, und jetzt ist sie hier, ich fühle, daß sie da ist, da hinten, hinter den Schulkindern, die klassenweise um ihre Lehrerinnen stehen.

Die Signora Giuseppina ist hier, in ihrem gewohnten schwarzen Kleid und mit ihrem gewohnten schwarzen Hütchen auf den weißen Haaren. Mit ihrer gewohnten finsteren Miene. Und hin und wieder fährt ihre kleine, dürre Hand durch die Luft und läßt irgendeinen kurzgeschorenen Kopf die harten Knochen fühlen.»

Die Leute lachten nicht, und Peppone fuhr fort:

«Ja, auch die Signora Giuseppina ist hier, und wie alle anderen Lehrerinnen hat sie ihre Schüler um sich versammelt. Alle sind sie da. Kein einziger fehlt: Diego Perini, der mit acht Jahren unter die Räder eines Karrens kam; Angiolino Tedai, mit sechs Jahren an Typhus gestorben; Tonio Delbosco, mit zweiundzwanzig im Krieg gefallen. Mario Clementi, Giorgino Scamocci, Dante Fretti, Girolamo Anselmi, Giuseppe Rolli, Alvaro Facini ... Alle sind da, kein einziger fehlt, alle um die Signora Giuseppina geschart. Und alle, auch die, die mit vierzig oder fünfundvierzig gestorben sind, haben noch ihr Kindergesicht. Alle sind so, wie sie als Schüler gewesen waren. Die Signora Giuseppina hat sie zurückgeholt, einen nach dem anderen, und nach den Regeln der Grammatik bringt sie ihnen nun die Regeln der Ewigkeit bei.

Das ist für mich der Sinn dieser Feier heute morgen, und die kleinen Bäumchen, die ihr Kinder in die Erde pflanzen werdet, sind wie das Band zwischen Tod und Leben: zwischen dem Leben über der Erde und dem Tod unter der Erde. Wenn die Zukunft des Baumes auch über der Erde liegt, wenn er auch nach oben wächst, so hat er seine Wurzeln doch unter der Erde. Und das bedeutet, daß die Zukunft aus der Vergangenheit genährt wird. Wehe denen, die nicht die Erinnerung an die Vergangenheit pflegen: Das sind Menschen, die nicht in die Erde säen, sondern auf Beton ...»

Peppone wischte sich den Schweiß von der Stirn, dann sagte er mit ruhigerer Stimme:

«Kinder, ich spreche zu euch, ihr jungen Bäume, die ihr den Wald des Lebens mit neuem Laub schmückt, und ich sage euch, nicht als heutiger Bürgermeister, sondern als ehemaliger Schüler: Ich weiß, daß meine alte Lehrerin jetzt da ist, zusammen mit ihrer ganzen Schülerschaft. Ich weiß es ganz sicher, und ich könnte sie sehen, wenn ich nur den Kopf in eine bestimmte Richtung drehen würde. Aber ich habe nicht den Mut dazu, weil ich der schlimmste Schüler von der ganzen Welt war. Ich habe nicht den Mut, meiner alten Lehrerin ins Gesicht zu sehen. Paßt auf, daß ihr euch nicht eines Tages in meiner traurigen Lage findet ...

Ich werde die Frist leben, die mir vom Schicksal bestimmt ist, und nach meinem Tod werde ich mich bei meiner alten Lehrerin melden, wie sich die anderen gemeldet haben. Aber ich hab' Angst, daß sie mich nicht mehr in der Klasse haben will. Ich hab' Angst, daß sie wieder wie damals, als ich eine besonders große Frechheit begangen hatte, zu mir sagt: ‹Mach, daß du rauskommst, elender Spitzbube!›»

Peppone schloß seine Ansprache leise und mit gesenktem Kopf, den Hut in den Händen drehend, und die Leute waren ein paar Augenblicke ganz benommen. Dann brach ein rasendes Händeklatschen los.

Peppone hielt es nicht länger auf der Stelle. Er schlüpfte zwischen dem Zaun und den Leuten durch, und als er aus dem Schulhof war, schluckte ihn der Nebel.

Beim ersten Feldweg verließ er die Straße, ohne sich um die neuen Schuhe und den Bürgermeisteranzug zu kümmern.

Er ging langsam, mit gesenktem Kopf, um das Sträßchen am Damm zu erreichen und am Dorf vorbei nach Hause zu gelangen.

Da merkte er, wie Don Camillo ihn einholte, sich seinem Schritt anpaßte und an seiner Seite ging, aber er sagte kein Wort.

Auch Don Camillo redete nichts.

Sie erreichten den Damm und schienen noch weltentrückter, denn der Damm war völlig im Nebel ertrunken, und man sah nichts als das Band der Straße, fast als ob sie in der Luft schwebe.

Sie gingen langsam mit gesenkten Köpfen. Plötzlich hörte Don Camillo in der großen Stille eine leise Stimme hinter seinem Rücken:

«Camillo, ich hab' es dir schon tausendmal gesagt, daß du nicht einsagen sollst, wenn einer abgefragt wird. Du bist ein Esel. Du bist ein Esel, auch wenn dieser Unglücksmensch von deinem Vater dich aufs Seminar schicken will. Aufs Seminar! Es wäre viel besser, er würde dich Stallknecht werden lassen!»

Don Camillo ging stur weiter, denn wenn er sich umgedreht und geantwortet hätte, hätte Peppone ihn bestimmt für verrückt gehalten.

Dann wandte sich die Stimme an Peppone:

«Spitzbube! Spitzbube! Hast du gesehen, was aus dir geworden ist? Der Oberspitzbube des Dorfes. Chef der Gottlosen, Chef der Anarchisten ...»

«Ich ...» stammelte Peppone. Aber die Stimme versagte ihm.

«Schweig! Und paß auf, daß du dich anständig benimmst, wenn du nicht willst, daß ich dich wie damals rauswerfe, sobald du im Klassenzimmer erscheinst ... Was deine Leistung von heut früh betrifft ... Nun, dafür bekommst du ein Genügend: sagen wir eine Drei.»

«Das ist eine Ungerechtigkeit!» flüsterte Peppone.

«Drei minus! Und wenn du noch weiter maulst, bekommst du eine Vier. Und der Esel da, der dir falsch eingesagt hat, kriegt eine Fünf!»

Die Stimme schwieg, und die beiden Männer gingen weiter schweigend im Nebel nebeneinander her.

Doch plötzlich blieben sie stehen, sahen sich ins Gesicht, und drehten sich wie auf Kommando um.

Natürlich: Da stand die Signora Giuseppina, reglos mitten auf dem Damm, und um sie herum alle ihre toten Schüler.

Die Signora Giuseppina hob den Arm und bewegte den Zeigefinger drohend in der Luft.

Mit einem Ruck wandten sich Don Camillo und Peppone wieder ab und setzten ihren Weg fast im Laufschritt fort.

Don Camillo murmelte beim Gehen eilig ein paar Gebete, und Peppone sagte hin und wieder: «Amen».

O Land des wirren Widerspruchs ...

Togo

Das war einer jener Vorfälle, die für gewöhnlich auf den Farbseiten des *Domenica del Corriere* landen. Doch keine Zeitung erwähnte ihn auch nur. Denn es gab da besondere Umstände, die die Leute im Ort veranlaßten, so zu tun, als hätten sie nichts gesehen und nichts gehört.

Es war am Nachmittag von Silvester, und in allen Häusern war man dabei, das große Mitternachtsessen und die Verabschiedung des alten Jahres vorzubereiten. Wer nicht zu Hause blieb, schlenderte durchs Dorf und pendelte von einem Weinausschank zum anderen oder lungerte unter den Laubengängen herum.

Die Kinder waren schon seit dem frühen Morgen nicht mehr zu halten, und sie vertrieben sich die Wartezeit bis zum Schlußspektakel, indem sie vorzeitig ein paar Knallfrösche und Feuerwerkskörper opferten. Auf der Tenne bei den Rosi war ein halbes Regiment Kinder versammelt, und trotz des Gebrülls der Erwachsenen wurde genauso herumgeknallt wie an allen anderen Orten.

Als es jedoch Zeit wurde, das Vieh aus dem Stall zur Tränke zu führen, trat der alte Rosi mitten auf die Tenne und verkündete, wenn er jetzt auch nur noch einen einzigen Knall höre, werde er die ganze Bande mit dem Riemen verdreschen.

Die Kinder hörten mit dem Lärm auf, und die Tiere konnten in Ruhe trinken. Aber gerade als die Reihe an Togo kam, ging hinter dem Geräteschuppen so ein verdammtes Feuerrad los, zischte über die Tenne und explodierte auf Togos Maul.

Togo war ein kolossaler Stier, eine Art Panzer aus Fleisch, dessen bloßer Anblick einem schon Angst einjagte.

Als er fühlte, wie auf seinem Maul die Hölle losging, drehte er durch.

Mit einem Satz riß er sich vom Knecht los, zerschmetterte die dicke Holzstange, die man über die Toreinfahrt gelegt hatte, und war im Nu auf der Straße.

Die Tenne der Rosi lag sozusagen mitten im Dorf: nach fünfzig Metern zwängte sich die Straße zwischen die Häuser, und nach weiteren hundert Schritten war man auf der Piazza.

Bis sich die Rosi also von dem Schock erholt hatten und die Verfolgung aufnahmen, stürmte Togo bereits wie ein Blitz auf die Piazza.

Was nun geschah, dauerte bloß ein paar Sekunden und ließ sich hinterher nur schwer rekonstruieren: Togo war gerade im Begriff, seine Wut an einer Gruppe kreischender Frauen auszulassen, die zwischen einer Häuserwand und zwei großen parkenden Lastwagen eingekeilt standen, als der Polizeichef von wer weiß woher mit der Pistole in der Hand auftauchte und sich dem Stier in den Weg stellte.

Der Maresciallo schoß, streifte Togo aber nur, und das machte die Bestie noch wütender als zuvor.

Für den Maresciallo und für die in der Falle sitzenden Frauen schien das letzte Stündlein geschlagen zu haben. Nur eine Maschinenpistolensalve in Togos Schädel hätte den Amoklauf des rasenden Stiers noch aufhalten können.

Und tatsächlich: die Salve kam im rechten Augenblick.

Man weiß nicht, von wo, aber sie kam, und das Untier brach unmittelbar vor den Füßen des Polizeichefs zusammen.

Der Polizeichef steckte seine Pistole in die Tasche zurück, nahm die Mütze ab und trocknete sich die schweißgebadete Stirn. Dann blickte er reglos auf das leblose Tier. Um ihn herum herrschte ein höllisches Durcheinander, und die Frauen kreischten, als würden sie immer noch von Togo bedroht. Aber der Polizeichef hörte nichts als das Knattern der Maschinenpistole.

Die Waffe hatte ihre blitzschnelle Salve von sich gegeben und dann geschwiegen, aber für den Maresciallo schoß sie noch immer. Er war sicher, wenn er sich jetzt umdrehte und nach oben schaute, würde er ganz genau das Fenster ausmachen können, aus dem die Salve abgefeuert worden war.

Und deswegen schwitzte der Maresciallo. Nicht weil ihm die Gefahr solche Angst eingejagt hätte, sondern weil er fühlte, daß er sich umdrehen *mußte,* und dazu hatte er nicht den Mut.

Er drehte sich nicht um.

In Wirklichkeit konnte er sich auch gar nicht umdrehen, weil er sich von einem riesigen Kerl gepackt sah – es war Don Camillo.

«Bravo, Herr Maresciallo, bravo!» brüllte Don Camillo. «Alle diese Menschen verdanken Ihnen ihr Leben!»

«Er war wirklich sehr mutig!» kreischte eine schwachsinnige alte Frau. «Aber wenn der andere nicht geschossen hätte, der mit der ...»

Sie wollte sagen «mit der Maschinenpistole», aber sie

kam nicht dazu, denn jemand trat ihr so kräftig auf den Fuß, daß ihr schwarz vor den Augen wurde. Und die Menge verschluckte sie sofort.

«Bravo, Herr Polizeichef!» riefen die Leute. «Bravo, bravissimo!»

Don Camillo zog sich ins Pfarrhaus zurück und wartete ruhig darauf, daß der Maresciallo wieder auf der Bildfläche erscheine.

Und tatsächlich, nach etwa einer Stunde erschien er.

«Hochwürden», sagte der Maresciallo, «Sie sind der einzige Mensch, mit dem ich offen reden kann! Wollen Sie mich anhören?»

«Dazu bin ich hier», erwiderte Don Camillo und ließ ihn vor dem Kaminfeuer Platz nehmen.

«Hochwürden», begann der Maresciallo nach kurzem Schweigen, «haben Sie den ganzen Vorgang beobachtet?»

«Ja, ich bin in dem Moment aus dem Tabakladen gekommen, wo ich mir Briefmarken gekauft hatte. Ich habe alles ganz genau gesehen: Wie Sie sich vor die Bestie geworfen, wie Sie geschossen und wie Sie das Tier erledigt haben.»

Der Maresciallo schüttelte lächelnd den Kopf: «Sie haben tatsächlich gesehen, wie ich mit einer normalen Pistole auf den Stier geschossen und ihn mit einer Maschinenpistole erledigt habe?»

Don Camillo hob die Arme: «Maresciallo, ich verstehe nichts von Waffen und von Ballistik. Ich weiß nur, daß Sie eine Feuerwaffe in der Hand hatten, aber ich könnte nie mit Sicherheit sagen, um welche Waffe es sich dabei handelte.»

«Ich verstehe», murmelte der Polizeichef. «Sie wollen also sagen, daß Sie nicht in der Lage sind, einen einfachen Pistolenschuß von einer Maschinenpistolensalve zu unterscheiden?»

«Im Priesterseminar werden solche Dinge nicht gelehrt.»

«Auf der Polizeischule dagegen schon», beharrte der Marcesciallo. «Und daher ist es meine verdammte Pflicht zu wissen, daß dieses Tier, auf das ich mit meiner Dienstwaffe geschossen habe, durch eine Maschinenpistolensalve getötet wurde.»

«Herr Polizeichef, wenn Sie das behaupten, kann ich nichts dagegen sagen. Das fällt nicht in mein Fach. Aber das Wichtigste ist doch, daß der Stier getötet wurde, bevor er Sie und die armen Weiber, die hinter Ihnen standen, aufschlitzen konnte! Ich finde, man sollte daraus nicht eine ballistische Streitfrage machen.»

Der Maresciallo seufzte: «Hochwürden, diese Maschinenpistolensalve hat mir und einigen anderen Leuten das Leben gerettet, das steht außer Zweifel. Aber es steht auch außer Zweifel, daß eine Maschinenpistolensalve eben aus nichts anderem als einer Maschinenpistole stammen kann.»

Don Camillo zuckte die Achseln: «Maresciallo, wie gesagt, ich verstehe nichts von Feuerwaffen, aber wenn ich mir eine Meinung erlauben darf, so würde ich sagen, daß das, was Sie als ‹Maschinenpistolensalve› bezeichnen, beispielsweise auch aus einem mit Kugeln geladenen Jagdgewehr stammen könnte. Ich sehe keinen Grund, warum es Ihre Vorgesetzten merkwürdig finden sollten, daß man einen wildgewordenen Stier mit einer Doppelflinte erlegt.»

«Wenn es nur darum ginge, die Sache meinen Vorgesetzten zu erklären, dann könnte die These mit der Jagdflinte ausreichen», erwiderte der Maresciallo. «Aber was soll ich tun, um sie mir selbst zu erklären? Sehen Sie, Hochwürden, ein Polizist ist nie allein, er hat immer noch einen Maresciallo hier drinnen.»

Dabei klopfte er sich an die Brust, und Don Camillo antwortete lächelnd: «Und wenn Sie jetzt tot wären, wo befände sich dann der Polizist, den Sie da drin haben?»

«Der wäre auch tot. Aber ich bin nicht tot, und der Polizist, den ich da drin habe, sagt mir: ‹Es gibt jemanden im Ort, der eine tadellos funktionierende Maschinenpistole besitzt. Das stellt einen schweren Verstoß gegen das Gesetz dar: Du mußt einschreiten!›»

Don Camillo hatte sich die übliche halbe Toskanozigarre angezündet und zog ein paarmal daran.

«Maresciallo, es bringt nichts, wenn wir dauernd um den heißen Brei herumreden. Sprechen Sie offen. Wenn Sie gegen mich einen Verdacht hegen, dann schreiten Sie ein. Ich stehe zu Ihrer Verfügung, zu Ihrer und der Ihres inneren Polizisten.»

«Spaß beiseite, Hochwürden. Ich weiß genau, wer die Maschinenpistolensalve abgefeuert hat. Und Sie wissen es auch. Sie wissen es sogar noch besser als ich, weil Sie ihn gesehen haben.»

Don Camillo blickte dem Polizeichef in die Augen.

«Sie haben sich in der Tür geirrt», sagte er hart. «Für diese Art von Information wenden Sie sich überallhin, nur nicht an mich. Wenn Ihnen das nicht paßt, dann zeigen Sie mich doch an! Ich hab' hier drin zwar keinen Maresciallo, aber mein Gewissen, und das kann Ihnen und Ihrem Polizisten eine Menge beibringen.»

«Es wird uns nie beibringen können, daß ein gewöhnlicher Bürger, der noch dazu der örtliche Anführer von Revolution und Volksjustiz ist, eine Maschinenpistole besitzen darf!» schrie der Maresciallo.

«Ich will weder etwas von örtlichen Anführern noch von Revolutionen wissen», erwiderte Don Camillo. «Ich will Ihnen nur klarmachen, daß mein Beruf nicht der eines Spitzels ist. Und wenn Sie sich von mir eine Denunziation erhoffen, können Sie gleich wieder gehen.»

Der Polizeichef schüttelte den Kopf: «Ich wollte von Ihnen bloß hören, wie ein anständiger Mensch jemanden anzeigen soll, der ihm und anderen das Leben gerettet hat. Und ich wollte auch hören, wie derselbe anständige Mensch einen Waffenbesitzer, der eine ernste Gefahr für das Gemeinwesen darstellt, *nicht* anzeigen soll.»

Don Camillos Zorn verrauchte.

«Maresciallo, die Gefahr ist nicht der Waffenbesitzer, sondern die Waffe. Man muß sich vor Augen halten, daß man diese sogenannte Maschinenpistole aus Gründen der politischen Polemik zu sehr hochgespielt hat. Die MP ist eine furchtbare, mörderische Waffe, aber das heißt noch nicht, daß jeder, der eine MP besitzt, ein Mörder ist, eine Gefahr für die Gesellschaft. Für die Gesellschaft kann der Besitzer eines Nagels oder eines Küchenmessers gefährlicher sein. Und für einen, der gekämpft hat, wird die Waffe schließlich zu einem liebgewordenen Gegenstand, zu einem Erinnerungsstück an eine ehrenvolle Vergangenheit, an harte, entbehrungsreiche Tage, voll Opfermut, Glauben, Hoffnung ...»

«Ich verstehe», unterbrach ihn der Maresciallo. «Ein

‹Souvenir›, ein glattpoliertes Andenken, das mit einer Salve den größten Stier des ganzen Bezirks niedermähen kann ...»

«Und damit einen Polizeichef und verschiedene Bürger vor dem Tod bewahren», fügte Don Camillo hinzu.

Der Maresciallo stand auf.

«Hochwürden», rief er, «ich kann den Besitzer der Maschinenpistole suchen, und ich kann ihn möglicherweise nicht finden. Was ich aber um jeden Preis finden muß, ist die Maschinenpistole.»

Auch Don Camillo erhob sich:

«Sie werden die Maschinenpistole finden. Dafür verbürge ich mich. Ich werde sie Ihnen selbst überbringen.»

Nachdem der Polizeichef gegangen war, flog Don Camillo zu Peppone in die Wohnung.

«Den Stier hast du getötet, bravo! Aber jetzt her mit der MP!»

Peppone schaute ihn erstaunt an: «Was redet Ihr für Zeug, Hochwürden?»

«Peppone, der Polizeichef weiß, daß du es warst, der geschossen hat. Auch wenn du ihm das Leben gerettet hast, ist es seine Pflicht, dich wegen unerlaubten Waffenbesitzes aus dem Krieg anzuzeigen ...»

«Der Maresciallo spinnt ja», grinste Peppone. «Er kann überhaupt nichts wissen, aus dem einfachen Grund, weil ich weder eine Waffe besitze noch auch nur im Traum daran dächte, auf Stiere zu schießen.»

«Peppone, hör auf, dich lustig zu machen! Du hast geschossen. Ich hab' dich gesehen, mit diesen meinen Augen.»

«Dann geht doch hin und erzählt es dem Maresciallo! Warum kommt Ihr hierher und erzählt es *mir*?»

«Ich bin kein Spitzel, ich bin ein Diener Gottes, und Gott hat es nicht nötig, von mir darüber informiert zu werden, was hier oder anderswo passiert.»

Peppone schüttelte den Kopf: «Ihr seid ein Diener des Vatikans und Amerikas, und deshalb versucht Ihr auf jede Weise, einen ehrlichen Mann hereinzulegen.»

Don Camillo hatte beschlossen, sich auf keinerlei politische Provokation einzulassen, und erwiderte daher nichts darauf. Statt dessen versuchte er, Peppone die seelische Zwangslage des Maresciallo in allen Farben zu schildern. Er bat, flehte, beschwor.

Aber Peppone antwortete ihm nur mit höhnischem Grinsen: «Ich verstehe überhaupt nicht, worauf Ihr anspielt. Ich weiß weder etwas von Maschinenpistolen, noch von Stieren, noch von Polizisten. Vielleicht habt Ihr anderswo mehr Glück. Versucht es doch mal beim Pfarrer: Wenn Ihr lang genug bohrt, rückt der bestimmt mit einer MP heraus.»

Mit betrübtem Herzen verließ Don Camillo Peppones Haus.

«Es tut mir nicht leid für dich, wenn man dich anzeigt», sagte er noch, bevor er wegging. «Dir geschieht es recht, denn du bist ein schlechter Kerl. Aber mir tut der Maresciallo leid, der dem, der ihm das Leben und seinen Kindern das Brot gerettet hat, seine Tat mit einer Anzeige vergelten muß.»

«Darauf könnt Ihr Euch verlassen», rief ihm Peppone grinsend nach, «wenn ich eine MP gehabt hätte, wie Ihr es behauptet, dann hätte ich nicht auf den Stier, sondern auf den Polizisten geschossen!»

Wieder zu Hause, konnte Don Camillo keine Ruhe finden, und er ging rastlos in der kalten Diele des Pfarrhauses auf und ab. Schließlich faßte er einen Entschluß und stürmte die Treppen hinauf. Der große, staubige Dachboden war vollkommen dunkel, aber Don Camillo brauchte kein Licht, um zu finden, was er suchte.

Tatsächlich fand er rasch den Kamin, der zum Dachfirst hochging. Und er fand den berühmten Ziegel, den man rechts hineindrücken und dann am linken Ende herausziehen konnte. Nachdem er ihn weggenommen hatte, fuhr Don Camillo mit dem Arm in das Loch und tastete mit der Hand, bis er den Nagel zwischen den Fingern spürte. Am Nagel war ein Eisendraht befestigt. Er löste ihn und begann daran zu ziehen, wobei er mit der anderen Hand nachhalf. Schließlich fühlte er das längliche Paket.

Nachdem er es herausgezogen und den Inhalt ausgepackt hatte, ging er hinunter und schloß sich in seinem Zimmer ein, um nachzuprüfen, ob noch alles in Ordnung war. Dann nahm er seinen Umhang und verließ das Haus.

Er ging am Zaun des Pfarrgartens vorbei und nahm den Weg über die Felder. Als er das Wäldchen am Kanal erreicht hatte, wartete er darauf, daß es Mitternacht schlug.

Und als Schlag zwölf die Leute überall anfingen herumzuknallen, um das alte Jahr zu verabschieden, schoß auch er, im Abstand von ein paar Sekunden, einen Schuß nach dem anderen.

Dann marschierte er auf die Polizeistation.

Der Polizeichef war noch auf, und sobald Don Camillo ihn sah, sagte er:

«Hier ist das Ding, das Sie Maschinenpistole nennen. Fragen Sie mich nicht, woher es kommt, noch, wer es mir gegeben hat.»

«Ich frage Sie gar nichts», antwortete der Polizeichef. «Ich beschränke mich darauf, Ihnen für Ihre Hilfe zu danken. Ein gutes neues Jahr!»

«Ein gutes neues Jahr auch Ihnen und Ihrem inneren Polizisten», murmelte Don Camillo, zog den Umhang fester um sich und ging hinaus.

Aber es vergingen keine zehn Minuten, bis die Glocke der Polizeistation von neuem läutete. Der Maresciallo ging selbst, um zu öffnen, und beim Öffnen fiel ihm etwas Massives, Schweres, das von außen an die Tür gelehnt war, entgegen. Der Polizeichef hob den Gegenstand auf, an dem mit Draht ein Schild befestigt war.

Und auf diesem Schild stand mit Buchstaben, die aus der Zeitung ausgeschnitten und aufgeklebt worden waren: *Maschinenpistole, schuldig, einem Maresciallo das Leben gerettet zu haben.*

«Am Stil erkennt man den Mann», sagte der Polizeichef grinsend zu sich selbst.

Dann legte er das Ding neben das andere, das kurz zuvor Don Camillo gebracht hatte, breitete die Arme aus und rief – ohne sich darum zu kümmern, ob das auch die Meinung des verstorbenen Togo gewesen sein könnte: «Zuviel der Gnade, heiliger Antonius von Padua!»

Die «Flughühner»

Zur Feier des neuen Jahres hatte sich Don Camillo etwas Großartiges ausgedacht. Großartig, aber doch auch wieder ganz einfach, da sich sein Programm in die wenigen Worte fassen ließ: «Zu Neujahr jedem Armen ein Huhn im Topf!»

Und mit diesem Slogan hatte Don Camillo klugerweise schon zwei Wochen vor Neujahr seine Sammeltour gestartet.

Jeder Hof wurde besucht. Jeder Grundbesitzer, jeder Pachtbauer der Pfarrei lauschte den Worten Don Camillos mit großer Aufmerksamkeit, und keiner unterließ es, zum Schluß den edlen Eifer des Pfarrers zu loben.

Unglückseligerweise hatte jedoch auf vielen Höfen eine Seuche im Hühnerstall gewütet, auf anderen hatten die Pflichtabgaben zu Weihnachten den Hühnerbestand aufs äußerste reduziert, und auf wieder anderen war die geringe Zahl an verfügbarem Federvieh bereits verkauft worden.

Resultat: Am 30. Dezember hatte Don Camillo mit Müh' und Not sechs Hühner zusammengebracht – und er brauchte mindestens dreißig.

Don Camillo ging, um seine Not Christus am Hochaltar anzuvertrauen:

«Jesus», sagte er, «ist soviel Egoismus überhaupt denkbar? Was ist denn schon ein Huhn für einen, der so viele hat?»

«Es ist ein Huhn», erwiderte Christus traurig.

Don Camillo riß die Arme hoch und rief entrüstet: «Jesus, ist es denn möglich, daß die Menschen nicht begreifen, wie schön solch ein kleines Opfer sein kann, das soviel Freude bereitet?»

«Don Camillo, es gibt zu viele Menschen, für die jedes Opfer groß ist, zu vielen Menschen geht ihre eigene Freude über alles. Und für zu viele Menschen liegt die Freude darin, nichts von ihrem eigenen Überfluß herzugeben.»

Don Camillo geriet aus der Fassung.

«Jesus», sagte er mit zusammengebissenen Zähnen, «wenn du diese Menschen so gut kennst, warum behandelst du sie dann nicht, wie sie es verdienen? Warum schickst du nicht einen gewaltigen Frost, der ihnen das Korn auf den Feldern kaputtmacht?»

«Das Brot ist für alle, nicht nur für den, der das Korn sät. Die Erde bringt ihre Früchte für alle Menschen hervor, nicht nur für die, denen das Land gehört. Du versündigst dich, Don Camillo, wenn du deinen Gott bittest, das keimende Korn zu zerstören. Unser tägliches Brot gib uns heute – das ist es, worum die Gerechten Gott bitten sollen.»

Don Camillo senkte den Kopf.

«Verzeih mir», flüsterte er. «Ich wollte nur sagen, daß diese Egoisten es nicht verdienen, das Land zu besitzen und zu bebauen.»

«Wenn sie anstatt Getreide Steine säten, dann verdienten sie es nicht. Aber sie erhalten von der Erde das, was die Erde hervorbringen muß, und da ist es natürlich, daß sie das Land besitzen und bebauen.»

Don Camillo verlor vollends die Fassung.

«Jesus», protestierte er, «das heißt also, daß du die Interessen der Grundbesitzer verteidigst?»

«Nein», erwiderte Christus lächelnd, «ich verteidige die Interessen der Erde. Auf einer kleinen Insel lebte einmal ein kleines Volk von armen Menschen, unter denen zwei Ärzte waren. Der eine großzügig und mildtätig, der andere geizig und egoistisch. Der erste begnügte sich für seine Behandlungen mit einem ganz kleinen Entgelt. Der zweite dagegen verlangte Wucherpreise. Leider war der gute und mildtätige Arzt aber ein ganz schlechter, während der egoistische und wucherische seine Kunst ausgezeichnet verstand. Und alle Kranken gingen zu dem egoistischen Arzt und keiner zu dem guten und mildtätigen. War das gerecht, Don Camillo?»

Don Camillo zuckte die Achseln: «Jesus, daß sich die Kranken lieber von dem Arzt behandeln lassen, der sie gesund macht, als von dem, der sie sterben läßt, das ist natürlich. Daß aber der Mildtätige in Armut lebt, während der Egoist Reichtümer anhäuft, das ist nicht gerecht.»

«Da hast du's, Don Camillo: Es ist nicht gerecht, aber es ist *natürlich.* Es ist natürlich, daß die Menschen den besseren Arzt belohnen. Es ist gerecht, daß Gott den egoistischen Arzt bestraft, der in seinem Leben unrechterweise eine Gabe Gottes ausnützt.»

Don Camillo schüttelte seinen Dickschädel: «Jesus, ich ...»

«Wenn du zu den Bewohnern dieser abgelegenen Insel gehörtest, würdest du Gott dann bitten, den fähigen, aber egoistischen Arzt mit dem Blitz zu erschlagen und dem mildtätigen, aber unfähigen ein langes Leben zu bescheren?»

«Nein», antwortete Don Camillo. «Ich würde Gott bitten, den tüchtigen, aber egoistischen Arzt mildtätig und den mildtätigen, aber unfähigen Arzt tüchtig werden zu lassen.»

«Ist nicht der Bauer so etwas wie ein Arzt», fragte Christus lächelnd, «dem die Gesundheit und das Wohl der Erde anvertraut sind?»

«Jesus», rief Don Camillo, «ich habe begriffen. Und ich bitte Gott um Verzeihung wegen meiner dummen Worte. Aber ich werde meine Sorge nicht los, wenn ich daran denke, daß ich für morgen dreißig Hühner brauche und erst sechs besitze.»

«Acht», präzisierte Christus.

«Acht», bestätigte Don Camillo, dem in der Verwirrung entgangen war, daß er selbst zwei Kapaune im Gitter hatte.

Es ist nicht leicht, von einem Tag auf den anderen zweiundzwanzig Hühner aufzutreiben. Don Camillo wußte das genau, denn er hatte sich zwei volle Wochen plagen müssen, um sechs zusammenzubringen. Dennoch wollte er nicht von seinem Programm abrücken: «Zu Neujahr jedem Armen ein Huhn im Topf.»

Don Camillo zerbrach sich den Kopf, um irgendeine Lösung des schwierigen Problems zu finden. Plötzlich tauchte in seinem Hirn eine Frage auf: «Ein Huhn ist ein Huhn, gut. Aber was ist ein Fasan?»

Ein Fasan ist ein Fasan, wenn man es ganz genau nehmen will. Aber muß man wirklich alles so genau nehmen? Könnte man nicht beispielsweise sagen: «Ein Fasan ist ein Huhn, das fliegt?»

Don Camillo folgerte, daß sein Neujahrsprogramm im

Grunde nicht wesentlich verändert würde, wenn der Slogan anstatt «Zu Neujahr jedem Armen ein Huhn im Topf» lautete: «Zu Neujahr jedem Armen einen Fasan in die Pfanne.»

In diesem Fall gab es nur zwei Schwierigkeiten: die mangelnde Zeit, um das *Flughuhn* richtig abhängen zu lassen, und die mangelnde Zeit, jemanden zu finden, der bereit war, Don Camillo zweiundzwanzig Fasane zu schenken.

Don Camillo ging in der Diele des Pfarrhauses kilometerlang auf und ab. Und welche Lösung hatte er nach dieser Wegstrecke gefunden?

Er hatte lediglich gefunden, daß der Slogan noch einmal ein bißchen geändert werden könnte: «Zu Neujahr jedem Armen einen Fasan in den Einkaufskorb.» Denn das Wesentliche war doch, daß jeder Arme einen Fasan im Hause hatte.

Der Hund Ful, nach seiner Meinung befragt, gab zu verstehen, daß auch er es für das Wichtigste halte, die zweiundzwanzig Fasane zu finden, die an die Stelle der nicht gefundenen zweiundzwanzig Hühner treten sollten. Daraufhin erschien es Ful nur natürlich, daß sich sein Herr in eine Hose und eine Jacke aus braunem Flanell zwängte und sich eine Radfahrermütze auf den Kopf setzte. Es war nicht das erstemal, daß sich Don Camillo in der Lage befand, an Orten jagen zu müssen, wo ihm die lange Soutane hinderlich gewesen wäre.

Nicht natürlich erschien es Ful dagegen, daß Don Camillo ohne seine Doppelflinte fortging.

Ful dachte an ein Versehen. Er rief seinen Herrn, der bereits in der Tür zum Garten stand, zurück: «He, du hast ja die Flinte vergessen!»

Don Camillo machte kehrt und fand Ful im Wohnzimmer, den Blick auf die Flinte, die Jagdtasche und die Patronentasche gerichtet, die neben dem Büffet an der Wand hingen.

«Ful, komm jetzt!» fuhr ihn Don Camillo an.

Aber der Hund rührte sich nicht, sondern antwortete: «Nimm zuerst die Flinte, dann gehen wir.»

Natürlich sagte er das bellend, aber sein Herr verstand ihn genau.

«Los, komm jetzt und hör auf, Lärm zu machen!» rief Don Camillo. «Die Flinte bleibt hier. Stell dir vor, ich würde dieses Ding mitnehmen! Wir dürfen keinen Lärm machen, sonst sind wir geliefert.»

Als Ful sich jedoch immer noch nicht rührte, nestelte Don Camillo an seinem Gürtel herum, zog aus dem linken Hosenbein eine Büchse mit nur einem Rohr und zeigte sie Ful.

Ful betrachtete das Ding voll Erstaunen und verglich es mit der Doppelflinte, die an der Wand hing. Dann sagte er: «Das ist keine Flinte. Die Flinte ist das da oben.»

Don Camillo kannte Ful gut: ein Rassehund und daher voll Würde.

«Das ist auch eine Flinte», erklärte er ihm, «ein kleiner alter Vorderlader, der nur einen ganz leichten Knall verursacht, aber völlig reicht, um so einen blöden Fasan aus zwei oder drei Meter Entfernung herunterzuholen.»

Don Camillo zeigte ihm, wie man die kleine Büchse lud, dann öffnete er das Fenster, das auf den Obstgarten ging, und schoß auf eine leere Konservendose, die jemand auf einen Pfosten gestellt hatte.

Die kleine Büchse machte «plick», und die Konservendose flog vom Pfahl.

Ful sprang in den Garten, kontrollierte die Dose, dann wandte er sich um.

«Na gut», knurrte er, «dann gehn wir eben auf Konservendosenjagd.»

Die Fasane hockten fast völlig verblödet auf den Zweigen der niederen Bäume herum.

Schon seit drei Jahren befanden sich die Finetti im Ausland, und seit drei Jahren hatte niemand in dem ganzen Jagdrevier auch nur einen Schuß abgefeuert.

Die Fasane dösten also dumm und fett vor sich hin, und wenn einer keine Büchse gehabt hätte, hätte er sie mit seinem Hut fangen können.

Doch Don Camillo hatte eine Büchse und konnte daher auf seine Mütze verzichten. Auf jedes «plick» der Büchse folgte der Aufschlag eines Fasans, und obwohl Don Camillo einen Haufen Zeit mit dem Einsammeln verlor, kam er großartig voran. Bis zum einundzwanzigsten Fasan lief alles wie am Schnürchen.

Der zweiundzwanzigste aber bereitete ihm Kummer.

Ful hatte schon zuvor Anzeichen von Unruhe von sich gegeben, die darauf schließen ließen, daß etwas nicht stimmte, und zwar etwas, das weder mit Fasanen noch mit Hasen zu tun hatte. Aber Don Camillo wollte um jeden Preis auf die zweiundzwanzig *Flughühner* kommen und sagte daher zu Ful, er solle ihn nicht nervös machen und sich ruhig verhalten.

Ful gehorchte widerwillig, aber gerade als Don Camillo auf den zweiundzwanzigsten Fasan schoß, riß es ihn hoch.

Don Camillo begriff, daß er zu weit gegangen war, aber jetzt war es zu spät. Der Jagdhüter befand sich bereits im Anmarsch.

Don Camillo warf die Büchse ins Gebüsch, packte den Sack mit den einundzwanzig Fasanen und rannte, was das Zeug hielt.

Es fing bereits an, dunkel zu werden, und ein Nebelstreifen senkte sich gnädig zwischen Don Camillo und den Jagdhüter. Das erlaubte dem Wilderer, seinen Verfolger abzuhängen.

Ful führte mit äußerster Sicherheit den Rückzug an, und nachdem er das Loch im Maschenzaun, der das Jagdrevier umschloß, gefunden hatte, trat er zur Seite, um seinem Herrn den rettenden Ausweg zu zeigen.

Nun war Don Camillo eine Art Elefant, und zudem mußte er noch einen Sack mit einundzwanzig Fasanen mitschleppen. Doch er stürzte sich mit einer Genauigkeit und Behendigkeit in das Drahtnetz, die einem Torhüter der Nationalelf Ehre gemacht hätten.

Der Jagdhüter kam gerade noch rechtzeitig, um zu sehen, wie Don Camillos Nachhut die Bresche passierte. Er gab von weitem und ohne rechte Überzeugung einen Doppelschuß auf eben diese Nachhut ab.

Don Camillo sprang über den Graben und befand sich auf der Straße. Er konnte nicht über die Felder fliehen, denn auf der anderen Straßenseite floß der große Kanal, der zweieinhalb Meter breit war und viel Wasser führte. Er war also gezwungen, auf der Straße zu gehen, und der Jagdhüter würde ihn mit der Zeit bestimmt ausmachen, denn der Zaun des Jagdreviers verlief mindestens einen Kilometer stromauf- und einen Kilometer stromabwärts neben der Straße.

«Los, lauf nach Haus», befahl Don Camillo seinem Hund, der wie eine Rakete davonschoß und verschwand. Er selbst lief keuchend hinterdrein.

«Und wenn ich mich ins Wasser stürzen muß», sagte Don Camillo zu sich selbst, «der wird nicht rausbringen, wer ich bin.»

In der Kurve mit der Heiligenstatue sah Don Camillo einen Laster mit Höchstgeschwindigkeit auf sich zukommen. Er rettete sich auf die Kanalböschung und schwenkte seine Mütze.

Don Camillo wartete nicht einmal, bis der Laster hielt, sondern sprang schon vorher auf das Trittbrett, so daß der Fahrer den Wagen erschrocken zum Stehen brachte.

Don Camillo riß die Tür auf und zwängte sich ins Führerhaus.

«Nur weg! Schnell! Um Himmels willen!» keuchte er.

Der Fahrer ließ die Kupplung los, und der Laster fuhr an, als hätte er einen Tritt in den Hintern bekommen.

Nach etwa einem Kilometer brummte der Fahrer: «Ich hätt' Euch beinahe für einen Banditen gehalten. Was ist denn los? Warum so eilig?»

«Ich muß den Zug um sechs Uhr zweiundzwanzig erreichen.»

«Ach! Handelt Ihr mit Geflügel?»

«Nein, mit Waschpulver für deine schwarze Seele.»

Der Fahrer grinste.

«Ich bin doch ein Trottel», sagte er. «Ich hätt' Euch lieber stehenlassen sollen. Dann hätte der Jagdhüter Euer schönes Vatikanspitzelgesicht erkennen können. Aber alle Achtung, Ihr habt ganze Arbeit geleistet! Wie viele Gäste kommen denn zum Essen?»

«Dreißig. Sechs Hühner hab' ich auftreiben können, zwei hatte ich selber, und dann brauchte ich noch zweiundzwanzig Stück Geflügel, um keinen Armen in der Gemeinde leer ausgehen zu lassen. Einundzwanzig hab' ich erwischt – beim zweiundzwanzigsten hat der Jagdhüter *mich* erwischt. Das ist alles. Brauchst du noch etwas für deinen Rapport an die Partei?»

«Ich möchte gern wissen, was Ihr für eine Moral habt.»

«Die eines guten Christen und anständigen Bürgers», erwiderte Don Camillo.

Peppone stoppte den Wagen.

«Gut. Und nun, Hochwürden, gehen wir mal einen Schritt zurück: Als ich Euch im vergangenen Monat vorgeschlagen habe, bei dem Brennholz für die Arbeitslosen mit mir gemeinsame Sache zu machen, warum habt Ihr Euch da gegen mich gestellt und eine riesige Kampagne veranstaltet?»

Don Camillo zündete sich seine halbe Toskano an.

«Weil ich den Leuten nicht helfen darf, das Gesetz zu brechen», antwortete er.

«Welches Gesetz?»

«Das Gesetz zum Schutz des Privateigentums. Die Armen brauchen Brennholz zum Einheizen – darüber sind wir uns einig. Aber man darf nicht zu ihnen sagen: ‹Wir gehen und holen uns das Holz aus den Wäldern der Reichen.› Du sollst nicht stehlen, lautet Gottes Gebot. Du sollst nicht stehlen, heißt auch das Gesetz der Menschen.»

«Du sollst nicht stehlen, sagen die Gesetze Gottes und der Menschen!» brüllte Peppone. «Aber während der Arbeiter den Besitz der Reichen nicht antasten darf, dürfen die Reichen dem Arbeiter die paar Groschen stehlen, die sie ihm für seine Arbeit schulden, und ihm das Recht auf Leben verweigern!»

«Es ist unnütz, daß du hier eine Parteirede hältst», erwiderte Don Camillo. «Ich darf niemandem helfen, das Gesetz zu brechen.»

«Ausgezeichnet!» donnerte Peppone. «Und damit kommen wir zum Kapitel zwei: Die Armen haben das Recht, am Neujahrstag etwas Gutes zu essen – aber wer hat, will nicht geben. Und was macht da der Herr Pfarrer? Er verstößt gegen das Gesetz Gottes und der Menschen und stiehlt die Fasane! Gibt es für Pfarrer eine Sondermoral? Wieso maßt Ihr Euch das Recht an, gegen das sogenannte Gesetz zu verstoßen?»

«Ich maße mir überhaupt kein Recht an, Genosse Bürgermeister. Ich ziehe meinen Priesterrock aus und verkleide mich, um meine Identität zu verbergen, und versuche heimlich das Gesetz zu brechen. Ich ziehe nicht Arm in Arm mit dem Genossen Bürgermeister durchs Dorf und brülle, wie es der Genosse Bürgermeister wollte: ‹Das Gesetz sind wir! Nieder mit dem Gesetz! Das Gesetz ist unmoralisch und ungerecht!› Ich handle wie ein gewöhnlicher Dieb. Ich entledige mich meiner Autorität als Pfarrer und agiere im Verborgenen, wie ein ganz normaler Verbrecher. Und allein die Tatsache, daß ich mich verkleide und heimlich vorgehe, bedeutet, daß ich die Existenz und die Gültigkeit des Gesetzes anerkenne. Wenn ich Soldat bin und am General vorbeigehe, muß ich ihn grüßen. Wenn ich vom General nicht gesehen werden möchte, kann ich versuchen, mich zu verdrücken. In dem Fall brauche ich ihn auch nicht zu grüßen. Aber ich kann nicht an ihm vorbeigehen, die

Hände in den Hosentaschen, ihn mit arrogantem Blick mustern und schreien: ‹Scheißgeneräle wie Sie werden nicht gegrüßt!› Ich habe die Fasane gestohlen. Aber ich habe nicht gebrüllt: ‹Kommt, Freunde! Die Fasane gehören uns!›» Peppone schüttelte den Kopf und schlug mit der Faust aufs Lenkrad.

«Ihr seid einer, der die andern lehrt, man darf nicht stehlen, und dann selber stiehlt. Ihr seid einer, der das Gute predigt und das Schlechte tut!» brüllte er.

«Peppone, wenn ich lehre, daß man nicht stehlen darf, und dann selber stehle, wäre ich nach deiner Moral doch eher einer, der das Schlechte predigt und das Gute tut. Aber du hast vollkommen recht: Ich predige das Gute und tue das Schlechte. Doch wenn ich der Masse Gutes predige, tue ich damit der Masse auch etwas Gutes; wenn ich ausschließlich für mich und auf meine private Rechnung Schlechtes tue, dann tue ich damit doch nur mir allein etwas Schlechtes. Und wegen dieser schlechten Tat werde ich mich verantworten müssen. Wegen dieser schlechten Tat werde ich meine gerechte Strafe empfangen. Ich mag der menschlichen Gerechtigkeit entfliehen, der göttlichen kann ich nicht entfliehen.»

Peppone grinste: «Es ist bequem, auf dieser Welt Schulden zu machen und dann zu sagen: ‹Ich zahle, wenn ich tot bin!› Es muß sofort gezahlt werden!»

«Ich werde sofort zahlen, und zwar mit dem Kummer, den mir der Gedanke bereitet, daß ich das Gesetz Gottes und das der Menschen gebrochen habe. Mein Gewissen als Christ und Staatsbürger ...»

«Hmm», röhrte Peppone. «Euer Gewissen! Ich sag' Euch, wo Ihr Euer Gewissen habt, als Christ und Staatsbürger: da, worauf Ihr sitzt!»

Don Camillo seufzte.

«Na gut, Peppone», sagte er versöhnlich. «Nehmen wir mal an, daß ich mein Gewissen dort habe, wo du meinst. Ändert das vielleicht etwas an dem, was ich behauptet habe?»

Peppone sah ihn verdrießlich an: «Was wollt Ihr damit sagen, Hochwürden?»

«Nichts. Ich wollte dich lediglich fragen, Genosse Peppone, ob du nie ausprobiert hast, wie es ist, wenn man eine Ladung Schrot in die Sitzfläche bekommt?»

Don Camillo hatte plötzlich mit seltsamer Stimme gesprochen, die von weither zu kommen schien, und Peppone knipste das Lämpchen am Armaturenbrett an.

Er sah, daß Don Camillo bleich wie ein Leintuch war.

«Hoch ...» stammelte Peppone.

«Mach das Licht aus und reg dich nicht auf», unterbrach ihn Don Camillo. «Das ist eine kleine ... Gewissenskrise. Das wird vorbeigehen. Bring mich nach Torricella zu dem alten Doktor. Das ist ein Freund von mir, und der wird mich entschroten, ohne irgend etwas zu fragen.»

Peppone zischte los wie eine Atomrakete und flog über die löcherigen Straßen. Nachdem er Don Camillo in Torricella vor der Tür des alten Doktors abgesetzt hatte, wartete er.

Er säuberte den Sitz, der voll Blut war. Dann versteckte er den Sack mit den Fasanen unter dem Sitz und machte einen kleinen Rundgang, um wieder Ordnung in seine Gedanken zu bringen.

Nach ungefähr einer Stunde kam Don Camillo zurück.

«Wie geht es?» fragte ihn Peppone.

«In bestimmter Hinsicht könnte ich dir antworten, daß ich mit meinem Gewissen wieder im reinen bin, doch ich werde aus technischen Gründen im Stehen heimfahren müssen. Wenn du nichts dagegen hast, steig' ich hinten ein. Vielleicht kannst du dich mit der Geschwindigkeit ein bißchen zurückhalten.»

Zum Glück war der Laster mit einer Plane bedeckt, und die Heimfahrt wurde für Don Camillo nicht übermäßig qualvoll. Der Nebel hatte inzwischen den Vorhang zugezogen, und im Heimathafen angelangt, konnte Don Camillo ins Pfarrhaus schlüpfen, ohne von jemandem gesehen zu werden.

Peppone folgte ihm mit dem Sack Fasane, den er im Keller verstaute.

Als er ins Wohnzimmer kam, fand er Don Camillo in der Soutane, wieder ganz Pfarrer. Und das Schwarz des langen Rocks ließ seine Blässe noch deutlicher hervortreten.

«Hochwürden», stotterte Peppone, «wenn Ihr etwas braucht, geniert Euch nicht.»

«Ich brauche nichts. Aber ich sorge mich um meinen Hund. Schau doch ein bißchen herum, ob du Ful nicht irgendwo findest.»

Ein Seufzer ertönte, mit dem Ful, der unter dem Tisch lag, «hier» antwortete.

Peppone bückte sich zu ihm hinunter.

«Es sieht so aus, als hätte auch er eine ... Gewissenskrise», murmelte er, während er sich wieder aufrichtete. «Soll ich ihn auch zu dem alten Doktor fahren?»

«Nein», erwiderte Don Camillo. «Die Sache muß in der Familie bleiben. Den entschrote ich selbst. Bitte trag' ihn mir in mein Schlafzimmer.»

Ful ließ sich von Peppone hochziehen und auf den Arm nehmen.

Peppone sagte nichts mehr, bis er Ful in den oberen Stock gebracht hatte. Dann kehrte er zurück, stellte sich unter die Wohnzimmertür und sprach streng, mit erhobenem Zeigefinger:

«Die Sünden der Pfarrer fallen auf das Haupt ihrer unschuldigen Hunde!»

«Feigling, du mordest einen toten Pfarrer!» antwortete ihm Don Camillo bleich. Und im Stehen.

Als Peppone gegangen war, legte Don Camillo die Sperrkette vor die Tür und stieg in den Keller, um die einundzwanzig *Flughühner* auszupacken. Tatsächlich waren es aber zweiundzwanzig, denn unter ihnen befand sich ein wunderschöner Kapaun, bereits fertig gerupft und ausgenommen. Den hatte Peppone in Torricella gekauft, um die Zahl voll zu machen.

Bevor sich Don Camillo (bäuchlings) zu Bett legte, wollte er noch vor Christus am Hochaltar niederknien.

«Jesus», flehte er, «ich darf dir nicht danken, daß du mich bei meinem Unternehmen heut nachmittag beschützt hast, denn das, was ich heut nachmittag getan habe, ist eine Schändlichkeit, die schwere Strafe verdient. Vielleicht wäre es besser gewesen, wenn mich die Flinte des Jagdaufsehers erledigt hätte.»

«Auch der schlechteste Priester ist immer noch mehr wert als zweiundzwanzig Fasane», antwortete Christus ernst.

«Genau gesagt, einundzwanzig», flüsterte Don Camillo. «Den zweiundzwanzigsten habe ich nicht mitgenommen.»

«Aber es war deine Absicht, ihn mitzunehmen.»

«Jesus, mein Herz ist voller Betrübnis, weil ich mir bewußt bin, wie schlecht ich gehandelt habe.»

«Nein, Don Camillo, du lügst: Dein Herz ist voller Freude, weil du daran denkst, daß du morgen dreißig Arme glücklich machen wirst.»

Don Camillo stand auf, ging zwei Schritte zurück und setzte sich mit seiner ganzen Schwere auf die erste Bank. Der Schweiß rann ihm über die Stirn und übers Gesicht, das immer blasser wurde.

«Steh auf», gebot ihm nach einer Weile die Stimme des Gekreuzigten. «Ego te absolvo.»

Der Vergaser

Die Zeitungen schrieben immer noch über die berühmte Geschichte von dem Kind, das durch die eigens aus Amerika eingeflogenen Ampullen gerettet worden war.

Sie schrieben noch darüber, denn jetzt, da es dem Kind wieder gut ging, fühlten sich die von Hammer und Sichel schlecht. Nach ihrer verqueren Logik handelte es sich nämlich nur um eine groß aufgebauschte Propagandaaktion des amerikanischen Botschafters.

Das Ereignis hatte sich in einer Ortschaft abgespielt, die keine vierzig Kilometer von Don Camillos Gemeinde entfernt am großen Fluß lag. Als es zu der Polemik kam, fühlte Peppone sich deshalb verpflichtet, mit besonderem Eifer daran teilzunehmen, denn es ging schließlich darum, «den Namen der Bassa hochzuhalten».

Und er redete so viel und soviel Stuß darüber, daß sich Don Camillo veranlaßt sah, «rein zufällig» vor dem Café unter den Arkaden mit dem Herrn Bürgermeister zusammenzutreffen, der gerade einer um ihn gescharten Gruppe das Wieso und Warum der Angelegenheit auseinandersetzte.

Kaum erblickte Peppone den schwarzen Koloß von Pfarrer, als er seine Stimme hob: «Politische Propaganda – in Ordnung, alles in Ordnung, auch was nicht in Ordnung ist. Doch was man diesen Leuten nicht verzeihen kann, ist, daß sie ein Kind für ihre politischen

Machenschaften ausnutzten. Wer selber Kinder hat, begreift das, ohne daß man es ihm erklären muß; aber einer, der keine Kinder hat und auch keine haben wird, begreift das nie!»

Alle drehten sich um und schauten Don Camillo an, und als dieser sich so unmittelbar angesprochen fühlte, hob er die Schultern und sagte: «Herr Bürgermeister, wenn der Kranke, den es zu retten galt, zufällig ein Kind war, dann konnte man keinen Erwachsenen retten.»

«Ach was, *retten!* Das Kind war gar nicht so schwer krank.»

«Wenn Sie das als Fachmann behaupten, dann sage ich nichts weiter», erwiderte Don Camillo.

Peppone regte sich auf: «Ich bin kein medizinischer Fachmann. Aber die Sachverständigen haben erklärt, daß man das Medikament im Nu aus Holland hätte herkriegen können, ohne diesen Zirkus mit den Nonstop-Flügen über den Atlantik zu veranstalten.»

«Ich verneige mich vor dem Sachverstand der Sachverständigen. Und ich würde Ihnen, Herr Bürgermeister, völlig Recht geben, wenn da nicht eine Kleinigkeit wäre, die Ihre sachverständigen Genossen übersehen haben: Um gesund zu werden, benötigte das Kind weder eine ausgesuchte Milchkuh noch eine Windmühle, sondern ein ganz bestimmtes Globulin, das es nur im Gesundheits-Department von Michigan gibt. Und das hat weder etwas mit Kühen noch mit Windmühlen noch mit dem holländischen Globulin Gamma zu tun. Was man brauchte, war genau das amerikanische Globulin, und wie soll man es da dem amerikanischen Botschafter vorwerfen, daß er nicht nach Holland jemanden geschickt hat, sondern nach Amerika?»

Peppone schüttelte seinen Dickschädel mit belustigtem Grinsen: «Lirum, larum! Wenn denen nichts mehr einfällt, kramen sie ihr bißchen Latein aus, kommen einem mit Alpha, Gamma und Omega, und wer nicht Latein gelernt hat, hält den Mund.»

«Selbst wenn», warf Don Camillo höflich ein, «dann handelt es sich hier um Griechisch, nicht um Latein, Herr Bürgermeister. Doch ich möchte Sie darauf aufmerksam machen, daß das oben erwähnte Globulin nicht von den Pfarrern so getauft wurde. Das fällt in den Kompetenzbereich der Naturwissenschaftler.»

Peppone klammerte sich an den Strohhalm, den ihm die sowjetische Vorsehung hinstreckte:

«Aber die Geschichte mit der Madonna, die dem kranken Kind im Traum erscheint, die fällt allein in den Kompetenzbereich der Pfarrer, Hochwürden! Und das werden Sie wohl zugeben müssen: Wenn die Naturwissenschaftler das Globulin Gamma erfunden haben, dann haben sich die Geschichte von der Madonna, die dem Kind im Traum erscheint, allein die Pfarrer ausgedacht.»

Don Camillo blickte Peppone erstaunt an: «Herr Bürgermeister, der Klerus hat keinerlei Möglichkeit, sich in Träume einzumischen, weder bei Kindern noch bei Erwachsenen. Kinder und Erwachsene träumen, was und wann sie wollen.»

«Aber», brüllte Peppone, der anfing, aus der Fassung zu geraten, «während das Flugzeug auf Rechnung der Spekulanten-Propaganda aus Amerika über den Atlantik fliegt: wovon träumt da dieses Kind, das träumen kann, was es will? Von der Madonna! Es träumt, daß die Madonna kommt und es holt, es ins Paradies bringt und ihm Jesus zeigt, und Jesus erklärt ihm, daß mit Hilfe der Signora Clare Luce und der Vereinigten Staaten alles wieder gut werden wird.»

Don Camillo breitete die Arme aus: «Herr Bürgermeister, und wovon hätte Ihrer Meinung nach dieses Kind träumen sollen? Von Lenin, der es in den Kreml bringt, wo ihm Stalin dann den Fünfjahresplan erklärt?»

Einer in der Gruppe kicherte, und Peppone geriet noch etwas mehr aus der Fassung.

«Drehen wir die Dinge nicht ins Politische, Hochwürden!» rief er. «Auf jeden Fall hüten *wir* uns, einem Kind Träume dieser Art zuzuschreiben! Erstens, weil wir ein Kind nicht für politische Machenschaften ausnützen, und zweitens, weil wir es nicht nötig haben, mit Märchen zu operieren ...»

«Und drittens, weil sowieso keiner daran glauben würde», schloß Don Camillo seelenruhig.

«Und an Eure Märchen glaubt jemand?»

«Es sieht so aus, Herr Bürgermeister. Es gibt Leute, die nicht nur an das Märchen vom Paradies glauben, sondern sich sogar so verhalten, daß sie sich das Paradies verdienen. Sie führen ein anständiges Leben und sind immer heiter, weil sie auf die Göttliche Vorsehung vertrauen.»

Peppone schob seinen Hut nach hinten und stemmte die Fäuste in die Hüften.

«Die Göttliche Vorsehung!» rief er. «Weil die Ampullen aus Amerika gekommen sind, darf man hier von der Göttlichen Vorsehung sprechen. Wären sie dagegen aus Rußland gekommen, dann würde Hochwürden nicht mehr von der Göttlichen Vorsehung, sondern von einem Teufelswerk reden.»

Don Camillo schüttelte den Kopf.

«Nein, Herr Bürgermeister», erklärte er. «Da Hochwürden mit einem Gehirn denkt, das ihm der liebe Gott anvertraut hat, würde Hochwürden nie einen solchen Blödsinn verzapfen. Schon weil Hochwürden genau weiß, daß die Göttliche Vorsehung weder über eine Nationalität noch über eine Partei verfügt. Von welcher Seite sie auch kommt, sie ist immer ein Zeichen göttlichen Wohlwollens.»

«Amen», murmelte der Smilzo.

«Immerhin», fuhr Don Camillo fort, «können wir festhalten, daß im vorliegenden Fall die Göttliche Vorsehung nicht aus dem Osten, sondern aus dem Westen gekommen ist.»

«Also», schrie Peppone: «Es lebe Amerika, und nieder mit Rußland!»

Don Camillo lächelte: «Es lebe Amerika, von mir aus, wenn der Herr Bürgermeister unbedingt meinen. Aber warum nieder mit Rußland? Wem hat Rußland in dieser Angelegenheit denn geschadet? Ich, Herr Bürgermeister, kann objektiv sein, und deshalb scheue ich mich nicht, öffentlich zu erklären, daß das möglicherweise der einzige Fall ist, in dem Rußland niemandem geschadet hat. Aber glauben Sie mir, Herr Bürgermeister, anstatt ‹Es lebe Amerika› zu schreien, wie Sie es wollen, sollte man lieber rufen: ‹Es lebe die Göttliche Vorsehung!›, denn sie hat das Kind gesund werden lassen.»

Peppone war rot im Gesicht wie die Oktoberrevolution.

«Statt es gesund werden zu lassen», schrie er, «hätte die Göttliche Vorsehung lieber dafür sorgen sollen, daß es gar nicht erst krank wurde!»

«In der Tat», erwiderte Don Camillo, «die Göttliche Vorsehung hat das Kind auch nicht krank werden lassen. Die Krankheiten hängen nicht von der Göttlichen Vorsehung, sondern von der Natur ab. Und diese Natur ist durch äußerst strenge Gesetze geregelt (wehe, wenn dem nicht so wäre!), deren Nichtbeachtung zu den schmerzlichsten Störungen führen kann. Sie, Herr Bürgermeister, sind ein erfahrener Mechaniker und wissen, daß ein Motor perfekt funktioniert, solange nichts daran kaputtgeht. Wenn sich bei einem Vergaser die Leerlaufdüse verstopft, ist das vielleicht die Schuld der Göttlichen Vorsehung, oder die eines Staubkörnchens? Alles, was der Materie angehört, fällt in den Zuständigkeitsbereich der Natur. Auf der anderen Seite: Gibt es in Rußland, wo alles nicht von Gott, sondern von Lenin erschaffen wurde, vielleicht keine Krankheiten?»

Peppones Gesicht hatte sich nach und nach wieder aufgehellt, und als Don Camillo mit seiner Rede zu Ende war, wandte sich der Bürgermeister lächelnd an den Smilzo.

«Smilzo», sagte er, die einzelnen Worte laut betonend, «möchtest du bitte Hochwürden etwas im Zusammenhang mit dem Vergaser fragen: Wenn der hier anwesende Mechaniker das Staubkörnchen, das die Leerlaufdüse verstopft, entfernt, stellt er dann die Göttliche Vorsehung dar?»

Smilzo sah Don Camillo an und sagte: «Der Angeklagte hat die Frage der geschädigten Partei vernommen?»

Don Camillo nickte: «Ja, der Angeklagte hat die Frage der hirngeschädigten Partei vernommen. Und er antwortet, daß der Mechaniker nicht die Göttliche Vorsehung darstellt, sondern lediglich einen Schraubenzieher mit einem Mann dran. Wir bewegen uns auf dem Gebiet der dumpfsten Materie. Nichts von Göttlichem. Nichts, was weniger natürlich wäre.»

Peppone freute sich über diese Antwort.

«Und nun, Hochwürden, setzen wir einen anderen Fall: Der Vergaser funktioniert nicht mehr, weil sich die Schraube der Leerlaufdüse gelockert hat und verlorengegangen ist. Unglückseligerweise ist der Vergaser ein amerikanisches Fabrikat, von dem man hier keine Ersatzteile bekommt. Was tun? Müssen wir das Auto verschrotten lassen? Zum Glück gibt es den amerikanischen Botschafter, der, als er von dem Schaden erfährt, das Ersatzteil mit dem Flugzeug aus Washington holen läßt. Man setzt die fehlende Schraube ein, und das Auto fährt wieder wie geschmiert. Wir bewegen uns immer noch auf dem Gebiet der dumpfsten Materie, weil sich die Geschichte nach wie vor um den Vergaser dreht. Aber da das Ersatzteil aus Amerika kommt, müssen wir schreien: ‹Es lebe die Göttliche Vorsehung!› Die Argumentation von Hochwürden ist also unterschiedlich, je nachdem, ob der Vergaser aus dem Osten oder aus dem Westen stammt.»

Peppones Anhänger grölten vor Begeisterung, und Don Camillo ließ ihnen Zeit, sich abzureagieren. Dann erwiderte er: «Meine Argumentation ist für alle Himmelsrichtungen gleich.»

«Unsinn!» brüllte Peppone. «Wenn die Krankheit des Kindes auf den Naturgesetzen beruht, so wie der Vergaser kaputt ist, weil ihm eine Schraube fehlt – was hat es dann mit der Göttlichen Vorsehung zu tun, wenn der Amerikaner die Ersatzschraube für das Kind auftreibt?»

«Der Unterschied besteht darin», erklärte Don Camillo ruhig, «daß das Kind kein Vergaser ist und im Gegensatz zu einem Vergaser sehr wohl auf die Göttliche Vorsehung vertrauen kann. Und es hat diesen Glauben und zeigt, daß es ihn hat. Alles, was die bloße menschliche Maschine betrifft, ihre Schäden und die Reparatur der Schäden, fällt ausschließlich in den Bereich der Natur und der Materie. Der Glaube an Gott ist eine andere Sache, die du, Genosse Vergaser, nicht kapieren kannst. Und deshalb kannst du bei der Geschichte mit dem Kind nicht die Göttliche Vorsehung sehen, sondern nur den Atlantikpakt und den amerikanischen Botschafter. Wer nicht an Gott glaubt, kann nicht begreifen, was Göttliche Vorsehung bedeutet.»

«Also dann», schrie Peppone, «ist diese Göttliche Vorsehung etwas für Privilegierte und nicht für den, der sie nötig hat! Wenn hundert Menschen Hunger leiden und nur sieben an die Göttliche Vorsehung glauben, dann ist Gott nicht gerecht, wenn er nur den sieben Privilegierten eine Büchse Fleisch schickt!»

«Nein, Genosse Bürgermeister. Gott schickt allen hundert eine Büchse Fleisch, aber nur sieben davon haben einen Büchsenöffner. Die anderen haben keinen, weil sie nicht daran glauben und keinen haben wollen.»

Peppone hatte seine Fassung endgültig verloren, und das sah man an der Art, wie er schwitzte: «Hochwürden, lassen wir die Märchen beiseite und betrachten wir die Realität! Und die Realität sieht doch so aus: Während hier nur sieben etwas zu essen haben, weil sie an die Göttliche Vorsehung glauben und daher einen Büchsenöffner besitzen, glaubt in Rußland niemand an die Göttliche Vorsehung, aber einen Büchsenöffner hat jeder.»

«Aber keine Büchse», schloß Don Camillo lächelnd.

Die Leute lachten über Don Camillos Schlagfertigkeit, und das brachte Peppone ganz aus dem Häuschen: «Ihr versteht es, mit den Worten zu spielen, Hochwürden! Und es gelingt Euch immer, jede Diskussion in eine Wortspielerei zu verwandeln. Aber wir sind hier nicht von Worten, sondern von konkreten Fakten ausgegangen. Politische Machenschaften! Dreckig aufgebauschte amerikanische Propaganda auf dem Rücken eines unschuldigen Kindes! Mit all Eurem Unsinn ist es Euch nicht gelungen zu beweisen, daß ich im Unrecht bin.»

Don Camillo zuckte die Achseln: «Ich weiß, und das wird mir auch nie gelingen, denn ich werde dir nie beweisen können, daß zwei und zwei vier ist, wenn du fest daran glaubst, daß zwei und zwei fünf ist, wie man es dir beigebracht hat. Jedenfalls sage ich dir, wenn es die politische Propaganda war, die dem Kind das Leben gerettet hat, dann rufe ich: ‹Es lebe die politische Propaganda!› Und wenn ich einen Sohn hätte und seine Rettung von einem russischen Medikament abhinge, dann würde ich ...»

Peppone ließ ihn nicht ausreden: «Ich aber nicht!» brüllte er. «Ich hab' einen Sohn, aber wenn seine Rettung von den Ampullen der amerikanischen Botschaft abhinge, dann würde ich ihn lieber sterben lassen als das Spiel dieser Banditen mitmachen!»

Don Camillo starrte ihn mit entsetzt aufgerissenen Augen an.

Um drei Uhr nachts setzte sich Peppone ruckartig im Bett auf. Er konnte nicht einschlafen. Er stand auf und zog sich im Finstern an.

Mit den Schuhen in der Hand schlich er in die Kammer, in der sein jüngster Sohn schlief. Er knipste das Licht an und betrachtete lange das Gesicht des schlafenden Kindes. Eine ganze Weile stand er so da, dann löschte er das Licht und verließ leise das Zimmer.

Kurz darauf ging er, bis zu den Augen eingemummt, auf der eisigen Straße.

Als er auf dem Kirchplatz unter den Fenstern des Pfarrhauses angekommen war, suchte er nach einem Stein, aber der gefrorene Schnee hatte alle Steine an den Boden geschweißt. Er kratzte im Eis, bis ihm die Finger bluteten.

Und je mehr die Minuten vergingen, desto stärker wuchs die Angst, bis sie zur Verzweiflung wurde.

Schließlich gelang es ihm, einen Stein zu lösen, und er warf ihn gegen die Läden des zweiten Fensters im ersten Stock. Als er das trockene Geräusch des Kiesels gegen das Holz hörte, beruhigte er sich.

Die Fensterläden öffneten sich.

«Was gibt's?» fragte eine mürrische Stimme.

«Kommt herunter.»

Don Camillo warf sich die Steppdecke um, ging hinunter und machte auf.

«Was willst du um diese Zeit? Was ist passiert?»

«Nichts ist passiert», erklärte Peppone finster.

«Um so besser», murmelte Don Camillo erleichtert. «Bei deinem Anblick ist mir angst und bang geworden.»

«Wieso? Ich bin doch kein Räuber.»

«Jeder, der mich aus dem Schlaf reißt, macht mir Angst. Man kommt nicht in der Nacht zu einem Priester, um ihm einen Witz zu erzählen.»

Peppone blieb ein paar Minuten schweigend mit gesenktem Kopf stehen, dann murmelte er: «Wenn man in der Öffentlichkeit diskutiert, sagt man oft Sachen, die man eigentlich gar nicht sagen will.»

«Ich weiß», räumte Don Camillo ein, «darauf braucht man nichts zu geben.»

«Aber die Leute geben was darauf!»

«Ach wo. Die Leute wissen doch, welche Argumente man von einem Vergaser erwarten kann.»

Peppone ballte die Fäuste.

«Hochwürden», knurrte er, «Ihr redet dummes Zeug!»

«Vielleicht hast du recht. Vergaser kommen nicht, um einen Pfarrer um drei Uhr nachts aufzuwecken. Du kannst wieder ins Bett gehen.»

Peppone rührte sich nicht.

«Brauchst du noch was, Genosse Peppone?» fragte Don Camillo. «Vielleicht einen Büchsenöffner?»

«Den hab' ich», antwortete Peppone finster.

«Bravo, dann schau, daß du ihn nicht verlierst! Und Gott erleuchte dich auch in der Öffentlichkeit.»

Peppone ging weg.

Ehe Don Camillo ins Bett zurückkehrte, kniete er noch rasch vor dem Gekreuzigten nieder.

«Jesus», sagte er, «er ist kein Vergaser geworden, er ist immer noch derselbe Unglücksmensch wie vorher. Gelobt sei die Göttliche Vorsehung!»

Dann schlüpfte er ins Bett, und endlich konnte auch er Schlaf finden.

Kriminalissimo

Bradonis Frau öffnete die Tür, und als sie Don Camillo vor sich stehen sah, schien sie einigermaßen verblüfft.

«Was, Ihr seid das, Hochwürden?» rief sie.

«Ja, ich bin's, warum? Was ist daran so Besonderes?»

«Bei dieser Kälte und bei dem Schnee! Wie haben Sie es nur angestellt, bis hier raus zu kommen?»

«Das Pferd hat mich im Wagen hergezogen», erklärte Don Camillo und trat in dic große Küche. «Ist Euer Mann daheim?»

«Ihr seid eigens gekommen, um mit meinem Mann zu reden?» sagte die Frau bedauernd. «Das tut mir aber leid! Mein Mann ist heut in aller Frühe auf den Markt gegangen, um drei Kälber zu verkaufen, und er kommt erst heut abend zurück. Ich bin ganz allein im Haus. Mein Sohn ist auch mit.»

«Das ist nicht so schlimm», murmelte Don Camillo. «Was ich Eurem Mann sagen wollte, kann ich auch Euch sagen: Ich bräuchte ein bißchen Weizen für den Kinderhort. Ich glaub' nicht, daß Ihr mich mit leeren Händen nach Hause schicken werdet.»

Die Frau hob die Schultern. «Viel ist's nicht, Hochwürden, denn auch wir sind fast damit am Ende, aber so an die zwanzig Kilo werd' ich wohl noch für Euch zusammenbringen.»

Don Camillo breitete die Arme aus.

«Viel ist's nicht, sagt Ihr? Na, wenn mir alle dreißig

Kilo Weizen geben würden wie Ihr, dann wär's das reinste Schlaraffenland!»

«Man tut, was man kann», antwortete die Frau, während Don Camillo Bleistift und Notizbuch aus der Tasche zog. «Schreibt auf: ‹Familie Bradoni fünfundzwanzig Kilo.›» Don Camillo notierte es.

«Wann laßt Ihr es holen?» erkundigte sich die Frau.

«Ich nütze die Gelegenheit, daß ich den Pferdewagen hab', und lad' es gleich selber auf.»

«Ach, es ist ein Kreuz», jammerte die Frau. «Ich bin allein im Haus, und mein Rücken ist kaputt vor Rheumatismus. Ich kann nicht schwer tragen.»

«Da braucht Ihr Euch nicht zu sorgen», erwiderte Don Camillo lachend. «Ich hab' keinen Rheumatismus, und fünfundzwanzig Kilo Weizen trag' ich wie ein Paket Kekse.» Die Frau ging voraus, und Don Camillo folgte ihr in den obersten Stock, wo der Kornspeicher lag.

«Hochwürden, kümmert Euch nicht um die Unordnung», bat die Frau, während sie den Schlüssel ins Schloß der Speichertür steckte.»

«Ich kümmere mich nur um meine fünfundzwanzig Kilo Weizen», antwortete Don Camillo. «Wenn die da sind, ist alles in Ordnung.»

Die Frau hatte nicht gelogen: Wenn der Getreidehaufen klein war, so war die Unordnung dafür groß, denn der Kornspeicher diente auch als Abstellraum für jedwedes Gerümpel.

«Sobald der Lumpensammler hier vorbeikommt», rief die Frau, «dreh' ich ihm das ganze Zeug an, und wenn ich es ihm schenken muß.»

Don Camillo stutzte und trat zu dem Berg von Plunder.

«Wenn das so ist», sagte er, «dann könnt Ihr diesen Ofen da anstatt dem Lumpensammler mir vermachen. Den könnte ich für den Gang im Kinderhort brauchen. Da ist es eisig kalt, und die Kinder möchten immer im Flur spielen.»

«Aber er ist alt und kaputt», wandte die Frau ein.

«Den kann man wunderbar reparieren!»

«Also dann, Hochwürden, wenn Ihr ihn haben wollt, könnt Ihr ihn gleich mitnehmen. Ihr tut mir sogar einen Gefallen.»

Don Camillo zögerte keinen Augenblick. Er zog den Ofen heraus und steckte ihn in einen Sack, da er voll Staub und Dreck war. Dann trug er ihn zusammen mit den fünfundzwanzig Kilo Weizen hinunter.

«Habt herzlichen Dank», verabschiedete er sich von der Frau. «Die Säcke schick' ich Euch in ein paar Tagen zurück.»

«Nur den vom Weizen», erwiderte die Frau. «Den anderen könnt Ihr behalten, der nützt uns sowieso nichts mehr.» Mit seiner Beute auf dem Wagen machte sich Don Camillo auf den Heimweg. Natürlich hielt er bei jedem Hof an, und so kam er erst bei Dunkelheit ins Pfarrhaus.

Er machte sich nicht einmal die Mühe, jemanden zu suchen, der ihm beim Abladen helfen könnte, sondern packte gleich allein zu, und als er den zusammengebettelten Weizen verstaut hatte, ging er dran, das Pferd vom Wagen zu spannen. Aber plötzlich änderte er seine Absicht.

«Ich könnte das mit dem Ofen gleich auch noch erledigen», dachte er. «Möglicherweise findet sich der Halunke bereit, mir das Ding bis morgen früh zu reparieren.»

Er zog den Ofen aus dem Sack und lud ihn wieder auf den Wagen, und nachdem er den Gaul überredet hatte, sich noch einmal in Marsch zu setzen, machte er sich auf die Suche nach dem «Halunken».

Der war noch in seiner Werkstatt und gerade damit beschäftigt, sein Werkzeug aufzuräumen.

«Ist der Schlosser da?» fragte Don Camillo vorsichtig.

«Geschlossen!» antwortete der «Halunke», ohne sich umzudrehen.

«Oh, wie schön!» rief Don Camillo. «Wenn geschlossen ist, wieso konnte ich dann hereinkommen?»

«Ihr seid widerrechtlich hereingekommen!» erwiderte Peppone mürrisch. «Daher könnt Ihr gleich wieder hinausgehen.»

«In Ordnung: Ich geh' wieder, aber ich laß dir diesen Ofen da. Ich brauch' ihn morgen früh.»

«So, den Ofen braucht Ihr morgen früh?» höhnte Peppone. «Wenn Ihr darauf warten wollt, Euch an diesem Ofen den Hintern zu wärmen, dann krepiert Ihr vor Kälte!»

«Der Ofen ist nicht für mich, sondern für die Kleinen im Hort», erklärte Don Camillo. «Wenn dich auch das nicht interessiert, dann nehm' ich den Ofen eben wieder mit.»

Peppone wandte sich um.

«Wir schlagen auch aus dem Ofen ein bißchen politisches Kapital, wie, Hochwürden?» erkundigte er sich sarkastisch.

«Peppone, laß die Politik in Ruh und denk an die Kälte! Schau, daß du ihn mir so reparierst, daß er diesen Winter hält. Wenn es dir gelänge, ihn mir bis morgen ...»

«Ich verpflichte mich zu nichts!» brummte Peppone. «Probiert mal gegen zehn Euer Glück.»

Don Camillo ging, und Peppone zog mit großem Krach den Rolladen herunter.

Am nächsten Tag gegen zehn wollte Don Camillo gerade den Mesner wegschicken, um den Ofen abzuholen, als ein Rasender ins Pfarrhaus stürmte: Bradoni.

«Hochwürden», keuchte er, «der Ofen!»

«Der Ofen?»

«Ja, der Ofen, den Euch gestern meine Frau geschenkt hat. Wo ist er?»

«Ich hab' ihn zum Schlosser gebracht», erklärte Don Camillo. «Er wird jeden Moment fertig sein.»

Der Mann schien völlig verrückt geworden.

«Der Ofen», brüllte er. «Ich muß sofort den Ofen sehen!»

Don Camillo warf sich den Umhang über die Schultern und folgte Bradoni, der hinausgerannt war. Unmittelbar vor der Tür zu Peppones Werkstatt holte er ihn ein, konnte ihn aber nicht mehr zurückhalten.

Peppone arbeitete gerade am Schraubstock und blickte erstaunt auf Bradoni.

«Was ist denn los?» brummte er.

«Der Ofen!» schrie Bradoni. «Der Ofen, den Euch Don Camillo gebracht hat!»

«Deswegen braucht Ihr Euch doch nicht so aufzuregen», erwiderte Peppone. «Da steht er, fix und fertig.»

Bradoni stürzte sich auf den Ofen, nahm den Deckel ab, riß die Klappe auf und starrte gierig ins Innere. Nachdem er lang genug gestarrt hatte, fuhr er mit einem Arm in den Ofen, und als er auch dann noch nicht befriedigt war, stellte er ihn auf den Kopf. Zum Schluß wandte er sich totenbleich an Peppone.

«Meine Sachen!» sagte er.

«Eure Sachen?» fragte Peppone.

«Ich hatte etwas in den Ofen gesteckt», erklärte Bradoni in höchster Aufregung. «Meine Frau wußte das nicht und hat den Ofen Don Camillo geschenkt. Ich hab' es erst heut früh gemerkt, als ich in den Speicher gegangen bin.»

Peppone öffnete die Arme: «Bradoni, ich hab' nur Ruß und Dreck in dem Ofen gefunden.»

«Und Ihr, Hochwürden?» fragte Bradoni Don Camillo.

«Was soll ich schon gefunden haben!» rief Don Camillo. «Wenn ich etwas gefunden hätte, hätt' ich es Euch sofort zurückgebracht, ohne daß Ihr eigens hättet herkommen müssen. Ich hab' den Ofen nicht einmal genau angeschaut. Wie ihn mir Eure Frau gegeben hat, so hab' ich ihn hierhergebracht.»

Bradoni ließ sich auf einen Hocker fallen – ein Bild der Verzweiflung.

«Wenn da Sachen drin waren, so können sie beim Transport von Euch bis hierher verlorengegangen sein», meinte Peppone.

Bradoni schüttelte den Kopf.

«Das ist unmöglich!» rief er. «Der Herr Pfarrer hat den Ofen in einen Sack gesteckt, bevor er ihn mitnahm, und der Sack war zwar schmutzig, aber ohne Löcher.»

Peppone rückte seinen Hut nach Westen.

«Um das mal festzuhalten», sagte er: «Hier ist der Ofen ohne Sack angekommen. Sind wir uns über diesen Punkt einig, Hochwürden?»

«Aber meine Frau schwört, daß der Herr Pfarrer den Ofen in den Sack gesteckt hat», beteuerte Bradoni.

«Immer mit der Ruhe», mischte sich Don Camillo ein. «Wer behauptet denn was anderes? Ich hab' den Ofen in den Sack gesteckt, als ich ihn bei Euch mitgenommen habe, und ich hab' ihn aus dem Sack genommen, als ich zu Hause ankam.»

Peppone zog daraus die Schlußfolgerung: «Also dann ist die Sache einfach: Entweder sind die Sachen noch in dem Sack, oder sie sind auf dem Weg vom Pfarrhaus zur Werkstatt verlorengegangen.»

Bradoni blickte ängstlich zu Don Camillo: «Habt Ihr den Sack noch?»

«Natürlich», erwiderte Don Camillo. «Ich hab' ihn ein bißchen ausgeschüttelt, bevor ich ihn weggeräumt habe. Aber wenn es etwas Kleines ist, das Ihr verloren habt, dann kann es gut sein, daß es noch im Sack ist.»

«Etwas Kleines!» seufzte Bradoni. «Ein solches Bündel war das! Eine Million in Lire-Scheinen zu zehntausend, fünftausend und tausend!»

Don Camillo und Peppone sahen sich verblüfft an.

«Und Ihr steckt eine Million in einen alten Ofen auf dem Kornspeicher, wo Euch die Mäuse alle Scheine zerfressen können?» rief Peppone und fixierte Bradoni.

«Ach was, Mäuse!» brüllte Bradoni. «Die Scheine waren in einer großen Blechdose, und der Deckel war mit Draht festgemacht. Und die Blechdose paßte genau in den Ofen, so genau, daß ich sie von oben mit einem Pfahl hineinstoßen mußte. Sie kann gar nicht von allein herausgefallen sein, nicht einmal, wenn man den Ofen auf den Kopf gestellt hätte. Man muß sie mit Gewalt herausgeholt haben.»

Don Camillo wiegte den Kopf.

«Dann ist ja alles ganz einfach», erklärte er. «Da die Blechdose während des Transports nicht herausfallen konnte, muß sie entweder von mir oder von Peppone herausgeholt worden sein.»

«Das habe ich nicht behauptet!» antwortete Bradoni. «Ich sage nur, daß jemand sie herausgeholt haben muß!»

«Was mich betrifft», erklärte Peppone, «so hat den Ofen außer mir niemand gesehen und angerührt, seit er hier hereingekommen ist.»

«Das gleiche gilt für mich», beteuerte Don Camillo. «Von Eurem Haus bis hierher ist der Ofen nur von meiner Wenigkeit gesehen und angerührt worden. Im Ganzen gibt es also drei Möglichkeiten: Die Blechdose ist entweder von mir herausgeholt worden oder von Peppone oder aber von einem Dritten, und zwar noch bevor der Ofen in meine Hände kam.»

«Das ist unmöglich!» rief Bradoni. «Das Geld hab' ich vorgestern abend in der Stadt bekommen, wo ich vier Ochsen verkauft habe. Sobald ich heimkam, hab' ich es in den Ofen gesteckt. Und die Scheine sind nur wenige Stunden in dem Ofen gewesen: von vorgestern abend bis gestern, als der Herr Pfarrer den Ofen geholt hat. Keiner hat gesehen, wie ich das Geld im Ofen versteckt habe, denn meine Frau und mein Sohn waren bereits im Bett. Und der Schlüssel zum Kornspeicher war immer in der Hand meiner Frau: Als ich gestern früh um halb sieben mit meinem Sohn auf den Markt fuhr, hab' ich ihn meiner Frau in die Hand gedrückt und ihr gesagt, daß sie ihn ja niemandem geben darf.»

«Ich bin um zwei Uhr nachmittags zu Euch gekommen», bemerkte Don Camillo. «Könnte es denn nicht sein, daß jemand in der Zeit zwischen halb sieben früh und zwei Uhr nachmittags Eurer Frau den Schlüssel weggenommen hat, ohne daß sie es merkte?»

«Nein», antwortete Bradoni. «Erstens war sie allein im Haus, und zweitens hat sie den Schlüssel immer in der Tasche gehabt.»

«Hört mal, Bradoni», meinte Peppone. «Ich möchte ja niemanden verdächtigen, aber könnte es nicht sein, daß Eure Frau selber im Speicher herumgeschnüffelt hat? Ihr versteht mich recht: Frauen werden mißtrauisch, wenn man ihnen sagt, daß sie den Schlüssel ja niemandem geben dürfen ...»

Bradoni schüttelte den Kopf: «Nein, sie war's nicht. Wenn sie's gewesen wäre, dann hätte sie's gestanden – bei den Prügeln, die ich ihr gegeben habe.»

Peppone ballte die Fäuste.

«Jetzt hört mal gut zu», sagte er: «Ich hab' in diesem Ofen nichts gefunden, und ich will keine Scherereien. Eure Geschichten erzählt Ihr am besten dem Polizeichef.»

«Dasselbe mit Sauce», fügte Don Camillo hinzu. «Geht zur Polizei, denn wenn Ihr nicht geht, geh' ich!»

«Ich geh' hin, ja, ich geh' hin, und zwar sofort!» brüllte Bradoni wie rasend. «Und dann werden wir ja sehen!»

Er entfernte sich wild gestikulierend, und Peppone wandte sich mürrisch an Don Camillo.

«Hättet Ihr dazu nicht einen anderen finden können?» fuhr er ihn an. «Ausgerechnet mich müßt Ihr in Eure dunklen Geschichten hineinziehn?»

«Ich habe keine dunklen Geschichten, und ich habe niemanden hineingezogen!» erwiderte Don Camillo hart. «Ich hatte einen Ofen zu reparieren, und den hab' ich zu einem Schlosser gebracht. Ich habe nicht gesehen, was drin war. So, wie ich ihn bekommen habe, hab' ich ihn hierher gebracht.»

«Und so, wie ich ihn bekommen habe, geb' ich ihn Euch zurück: leer und ohne Sack! Ohne Sack, damit das klar ist. Und jetzt nehmt Euren verdammten Ofen und schaut, daß Ihr hier rauskommt!»

«Ich nehme gar nichts, und du läßt den Ofen so stehen, wie er ist, ohne daß ihn jemand anrührt. Denn jetzt gehört der Ofen der Justiz, und wer ihn anfaßt, macht sich strafbar.»

Wütend kehrte Don Camillo ins Pfarrhaus zurück. Er hatte gerade seinen Umhang an den Kleiderhaken gehängt, als es an die Tür klopfte.

Es war der Maresciallo.

«Hochwürden», entschuldigte er sich, «es tut mir leid, daß Sie in diese unangenehme Geschichte verwickelt sind ...»

«Verwickelt?» stammelte Don Camillo. «Wie komm' ich dazu? Ich bin ein anständiger Mensch!»

«Das zieht auch niemand in Zweifel, Hochwürden. Aber leider geht die Justiz bei jeder Sache, und sei sie noch so klein, davon aus, daß alle darin verwickelten Personen schuldig sind. Alle, angefangen von demjenigen, der sich als Opfer der verbrecherischen Tat erklärt.»

Don Camillo wehrte sich. «Ich würde erst einmal die Frau von Bradoni verhören. Sie ist die einzige, die wirklich sagen kann, wie die Dinge stehen.»

«Leider ist sie auch die einzige, die nicht verhört werden kann, denn während des ‹Verhörs›, das ihr

Mann mit ihr veranstaltet hat, hat sie soviel Prügel bezogen, daß sie jetzt mit Gehirnerschütterung im Krankenhaus liegt. Bitte, Hochwürden: Name, Vorname, Nationalität, Geburtsort und -datum, Beruf ...»

Don Camillo kam sich fast wie ein Verbrecher vor.

Nachdem die Leute das Problem mit äußerstem Eifer erörtert und alles Nachprüfbare nachgeprüft hatten, spaltete sich das Dorf in zwei Parteien: Die erste unterstützte die These: «Die Million hat sich Peppone unter den Nagel gerissen.» Die zweite: «Die Million hat Don Camillo behalten.»

Natürlich hatte die Anti-Peppone-These die weitaus größere Mehrheit. Was soll denn ein kleiner Landpfarrer mit einer Million anfangen? Gibt es im Dorf einen armen Teufel, der kontrollierbarer ist als der Pfarrer?

Aber wer kontrolliert eine Partei oder kann sie kontrollieren? War Peppone vielleicht nicht einer jener Fanatiker, die, nur um ihrer Partei zu dienen, zu allem und jedem bereit sind? Hatte Stalin vielleicht nicht seinerzeit Postwagen ausgeraubt, um der Sache und der Partei zu nützen? Und wurde die Tatsache, daß Stalin für die Partei zum Posträuber geworden war, von den Roten vielleicht nicht als großes Verdienst statt als Schuld angesehen?

Es hängt alles vom Blickwinkel ab.

Peppone wußte genau, was die Leute redeten, aber er rührte sich keinen Millimeter. Und die Tatsache, daß sich Peppone nicht aufregte und herumbrüllte, machte Don Camillo immer bestürzter.

So ging es eine Weile, bis Peppone und Don Camillo einmal unter vier Augen aufeinandertrafen.

Es war ein Winternachmittag, und die Begegnung fand an einem einsamen Ort statt. Die beiden standen sich plötzlich mit dem Jagdgewehr gegenüber und sahen sich finster an.

Der erste, der etwas sagte, war Peppone: «Hochwürden, wir sind hier nur zu dritt: ich, Ihr und der liebe Gott. Und wenn ich jetzt vor Euch und vor Gott schwöre, daß ich dieses Geld nie genommen habe und auch nicht weiß, wer es genommen haben könnte, glaubt Ihr mir dann?»

Das kam so spontan und so feierlich, daß Don Camillo wie ein Stockfisch dastand und keine Worte fand.

Schließlich fand er doch eins, ein ganz kurzes, aber es genügte: «Ja.»

Danach fand er noch andere, die aber völlig unnötig waren: «Und wenn ich dir schwöre ...», begann er.

Doch Peppone unterbrach ihn sofort: «Ihr braucht nicht zu schwören. Ich weiß, daß Ihr es nicht gewesen seid.»

Don Camillo blieb der Mund offen stehen.

«Also», stotterte er, «wenn ich es nicht gewesen bin und wenn es du nicht warst, wer war es dann?»

Peppone öffnete die Arme: «Das weiß Gott allein.»

Don Camillo ging nach Hause und rannte zum Gekreuzigten über dem Hochaltar.

«Jesus», rief er aufgeregt. «Er ist es nicht gewesen! Es war nicht Peppone!»

«Don Camillo», erwiderte Christus, «das erzählst du mir? Hab' ich denn je behauptet, Peppone sei es gewesen?»

«Ich auch nicht, Herr, ich hab' es nie gesagt!»

«Aber du hast es gedacht.»

Don Camillo senkte den Kopf.

«Ja, ich hab' es gedacht», gab er zu. «Und es tut mir unendlich leid, daß ich es gedacht habe. Aber wer war es dann? Denn wenn dieses Geld verschwunden ist, dann doch nicht unter der Einwirkung des Heiligen Geistes!»

«Ganz gewiß nicht», stimmte ihm Christus zu.

In dieser Nacht fand Don Camillo keinen Schlaf. Er spürte, daß die Wahrheit in greifbarer Nähe lag, und es gelang ihm nicht, sie zu fassen.

Am nächsten Morgen besuchte Don Camillo Peppone in der Werkstatt.

«Ich kann nicht von hier fort», sagte er, «aber du könntest auf einen Sprung nach Turin fahren.»

«Nach Turin?» verwunderte sich Peppone. «Was soll ich in Turin?»

Don Camillo erklärte ihm, warum Peppone seiner Meinung nach dringend nach Turin fahren müsse.

«Wäre es denn nicht einfacher, mit dem Maresciallo zu reden?» warf Peppone ein.

«Nein. Denn mit dem Polizeichef über irgend jemand reden heißt, diesen Jemand anzuklagen, verdächtig zu machen. Und wenn dieser Jemand dann überhaupt nichts mit der Sache zu tun hat?»

Peppone fuhr nach Turin, und vier Tage später kam er zurück und ging geradewegs zum Maresciallo.

«Hier bin ich Partei, und ich denunziere niemanden, sondern verteidige nur meine Reputation – und die des Pfarrers», erklärte er dem Maresciallo. «Vier Tage nach dem Verschwinden der berühmten Blechdose von Bradoni ist Bradonis Sohn zum Militär eingezogen worden.

Jetzt ist er seit drei Monaten in Turin, und obwohl er ein einfacher Soldat ist, führt er ein glänzenderes Leben als ein General. Wollen Sie nicht hinfahren und ihn fragen, wo er das Geld dazu herbekommt? Oder wo er es gefunden hat?»

Als Bradoni junior einige Tage später von ein paar gewieften Burschen in Turin vernommen wurde, sagte er, das Geld habe er in einem Ofen gefunden – auf dem Kornspeicher bei sich zu Hause.

«Das Geld war für mich viel nützlicher als für meinen Vater», erklärte er zum Schluß. «Ich brauch' so viele Sachen, weil ich jung bin. Mein Vater braucht nichts mehr.»

«Und die Prügel, die deine Mutter deinetwegen hat einstecken müssen?» fragte der Chef der gewieften Burschen den jungen Mann.

«Die Mütter müssen sich für das Wohl ihrer Kinder opfern», erwiderte das Jüngelchen achselzuckend. «Man lebt nur einmal!»

Der Chef der gewieften Burschen wiegte den Kopf und sagte: «Mein Sohn, du hast recht: Man lebt nur einmal. Aber das heißt noch lang nicht, daß man das als Schuft tun muß.»

Und damit verpaßte er ihm eine Ohrfeige jenseits aller Vorschrift. Aber eine so klare, so präzise, so vornehm massive Ohrfeige, daß sie es verdienen würde, unter der Bezeichnung «heilige Ohrfeige» in den Kalender aufgenommen zu werden.

Die Riesenschlange

La Palanca, eine der sieben Fraktionen, die zu der von Peppone & Co. verwalteten Gemeinde gehörten, war genauso wie all die hundert anderen Weiler der Bassa.

Die gleiche Luft, die gleichen Häuser, die gleichen Leute. Die gleichen Gehirne, die gleichen Ideen.

Und doch: Wenn ein Fremder nach La Palanca gekommen wäre und irgendeinen Einheimischen gefragt hätte: «Ist das hier La Palanca?», wäre ihm mit äußerst bedrohlicher Stimme geantwortet worden: «Ja, warum?»

Und wenn dieser Fremde dann nach seiner Rückkehr in den Hauptort einem dortigen Einheimischen verwundert von der merkwürdigen Aufnahme erzählt hätte, die er in La Palanca erfahren hatte, wäre ihm lachend geantwortet worden: «Na klar! Die von La Palanca, das sind doch die, die den Kirchturm wegrücken wollten!»

In der italienischen Volksüberlieferung gibt es fünf oder sechs unselige Geschichten, die sich seit Jahrhunderten vom äußersten Norden bis zum äußersten Süden behaupten. Geschichten, in denen jeweils ein ganzes Dorf die Hauptrolle spielt und von denen jede dazu dient, ein ganzes Dorf lächerlich zu machen.

«Die aus X, das sind doch die, die eine Uhr mit dreizehn Stunden auf den Kirchturm malen ließen!»

«Die aus Y, das sind doch die, die das Bronzedenkmal auf der Piazza mit Sand blankpoliert haben.» Und so weiter.

Denn es steht fest, daß es in jeder Gegend und in jedem Sprengel ein «dummes Dorf» geben muß. Und tatsächlich gibt es das auch.

In neunundneunzig von hundert Fällen handelt es sich dabei um ein Dorf, das nie etwas getan hat, was die Bezeichnung rechtfertigen würde, die die Nachbardörfer ihm angehängt haben, und in neunundneunzig von hundert Fällen besteht die Schuld des unglücklichen Dorfes einzig und allein darin, daß es einen komischen Namen hat, einen Namen, der vom Gewohnten abweicht.

La Palanca («Die Planke») hatte den komischsten Namen unter den Ortschaften der Gegend, und so mußte es die Rolle des Dorfes übernehmen, das den Kirchturm wegrücken wollte. «Die von La Palanca, das sind doch die, die den Kirchturm wegrücken wollten», erzählen sich die Leute. «Und damit er besser rutschte, hatten sie um den Turm herum Stroh ausgelegt, ehe sie mit dem Schieben anfingen. Und da sie mit den Füßen auf dem Stroh rutschten, kam es ihnen vor, als bewege sich der Turm, und sie schrien: ‹Los, fester, er bewegt sich!›»

Eine blöde, eine kindische Geschichte. Aber es sind genau diese verqueren Geschichten, die die Leute mögen. Und ist eine solche Geschichte einmal jemandem angehängt worden, dann wird er sie nicht mehr los.

So war es auch La Palanca ergangen, und seit hundert und mehr Jahren litt es unter dem «Strohkomplex».

Als einmal eine Schar Lausbuben aus dem Hauptort während des Karnevals mit einem Wagen, auf dem nichts als Strohballen lagen, in La Palanca eingefahren waren, war es zu einem schrecklichen Zusammenstoß gekommen, und einige Leute hatten sich ihren Schädel im Krankenhaus zusammenflicken lassen müssen.

Von allen kleinen Ortschaften in Peppones Verwaltungsbereich war La Palanca zweifellos die tristeste. Die Leute aus La Palanca, selbst die vernünftigsten und geistreichsten, litten insgeheim an dem «Strohkomplex», der nichts anderes war als ein ausgewachsener Minderwertigkeitskomplex.

Und so waren die ehemals herzlichen und fröhlichen Menschen mißtrauisch und griesgrämig geworden.

«Sie sind aus La Palanca?»

«Ja, warum?»

In jedem Fremden, der sich mit La Palanca beschäftigte, witterten die Palanchesen sofort einen Provokateur. Und in einem Fremden, der sich nicht mit La Palanca beschäftigte, witterten sie einen potentiellen Provokateur, so daß sie schließlich jeden, der nicht aus ihrem Dorf stammte, mit Mißtrauen und Feindseligkeit betrachteten.

La Palanca war das schwermütigste Dorf der ganzen Gegend geworden. Und das eintönigste dazu, denn obwohl es auch unter den Palanchesen Leute mit Schwung und Organisationstalent gab, organisierte keiner etwas und keiner brachte etwas in Schwung.

Sie fühlten ständig Tausende von Augen auf sich gerichtet und wußten, daß Tausende von «Auswärtigen» sich höhnisch freuen würden, wenn irgend etwas, das die Palanchesen organisierten, schief ginge.

Die verhaßtesten «Auswärtigen» waren natürlich die aus dem Hauptort. Die spielten sich schon fast wie Städter auf und wirkten daher in den Augen der Bauern von La Palanca noch sarkastischer und überheblicher.

Außerdem spielten natürlich die Mädchen dabei eine Rolle: die Mädchen aus dem großen Dorf, die den

Burschen aus La Palanca sehr gefielen, aber ihnen ins Gesicht lachten, sobald sie sich als Bewohner von La Palanca zu erkennen gaben. «Ach, einer von denen, die den Kirchturm wegrücken wollten?» riefen dann die «Städterinnen» aus dem Hauptort.

Die Burschen von La Palanca waren gezwungen, ihren Herkunftsort geheimzuhalten. Aber auch das nützte nichts, denn den machten dann die Rivalen aus dem Hauptort ausfindig. Und wenn die Mädchen vorher nicht gelacht hatten, so lachten sie danach.

Seit über hundert Jahren grämten sich die von La Palanca, denn die Lebenden grämten sich für die Verstorbenen mit. Seit hundert Jahren träumten sie davon, sich zu rächen. Aber bisher war das Schicksal den Unglücklichen nie hold gewesen.

Und La Palanca wurde immer trister.

Und jeder Palanchese fing an, La Palanca zu verabscheuen und alle Palanchesen dazu – so wie ein Arbeiter, der von einer stupiden Arbeit zermürbt ist, eines Tages anfängt, den Betrieb, in dem er arbeitet, zu hassen und alle, die mit ihm arbeiten, auch.

Mitte Februar dieses Jahres ereignete sich im Hauptort etwas Außergewöhnliches.

Nach Monaten winterlicher Düsterkeit war die Sonne hervorgekommen und hatte rasch den Schnee weggeleckt und das Dorf neu belebt, das wie im Winterschlaf versunken war.

In den frühen Stunden eines lauen und hellen Nachmittags, als die Leute friedlich vor der Haustür saßen und sich den Bauch in der Sonne wärmten, hörte man plötzlich ein großes Geschrei. Eine Schar Kinder kam auf die Piazza gerannt, denen das Entsetzen im Gesicht stand. Sie keuchten vom Laufen und vor Angst. Die Kinder blieben vor dem Café unter den Arkaden stehen und fingen alle gleichzeitig an, den Leuten an den kleinen Tischen zu erzählen, was passiert war.

Man verstand kein Wort, und Peppone befahl donnernd: «Einer allein soll reden, und die anderen halten den Mund!»

Es redete einer allein und sagte, sie hätten eine riesige Schlange gesehen.

Peppone lachte und versetzte dem Jungen eine freundschaftliche Kopfnuß. Aber die anderen aus der Gruppe bestätigten seine Aussage: Sie hätten das nicht geträumt. Es sei die reine Wahrheit. Im übrigen brauche man bloß hundert Meter weit zu gehen, um sich selbst zu überzeugen. Dort liege die Riesenschlange auf den Trümmern des ehemaligen Schlachthofs und wärme sich in der Sonne.

Drei oder vier Frauen flatterten aufgeregt hinzu: Auch sie hatten die Riesenschlange gesehen, und eine der Frauen wurde nach ihrem Bericht sogar ohnmächtig und stürzte in die Arme des versammelten Volkes.

Peppone machte sich auf den Weg, und die Bürgerschaft folgte ihm.

Da war der Schutthaufen des alten Schlachthofs. Fast unmerklich verlangsamte Peppone seinen Schritt. Als er bis auf zwanzig Meter herangekommen war, blieb er schlagartig stehen. Oben auf dem Schutthaufen glänzte etwas Schleimiges in der Sonne.

«Die Schlange!» schrien die Kinder.

Wie von diesem Lärm gestört, bewegte sich das Reptil, und den Leuten gefror das Blut in den Adern.

Während die anderen unbeweglich stehen blieben, wagte sich Peppone noch ein paar Schritte weiter. Jetzt sah er die Riesenschlange genau: Sie mußte einige Meter lang sein und so dick wie ein kräftiger Männerarm. Das Ungeheuer machte Anstalten, sich wegzubewegen, beruhigte sich jedoch wieder.

Eine Abordnung wagemutiger Bürger, angeführt vom Smilzo, erreichte Peppone und studierte das Untier aufmerksam.

«Ich hab' noch nie eine so große Schlange gesehen und von dieser blauschwarzen Farbe», sagte schließlich der Smilzo. «Wahrscheinlich ist sie aus einem Wanderzirkus entwischt.»

Tatsächlich hatte vor zwei Monaten ein Zirkus in der Nähe sein Gastspiel gegeben, ein Zirkus mit Löwen, Tigern, Affen und Schlangen.

Die Riesenschlange mußte also aus diesem Zirkus entkommen sein. In dem Schutthaufen hatte sie einen sicheren Unterschlupf gefunden und in der Winterstarre überlebt. Jetzt war sie aufgewacht und herausgekrochen, um sich den Buckel zu wärmen.

Doch wie auch immer, es handelte sich um eine Gefahr, und daher mußte sofort gehandelt werden, ehe sich das Reptil wieder verkroch.

Peppone flüsterte dem Smilzo etwas zu, der sich rasch entfernte.

In diesem Augenblick tauchte Don Camillo auf. Er erkundigte sich vorsichtig bei den Zuschauern in der ersten Reihe und stieß dann zu Peppone vor. Aufmerksam musterte er die in der Sonne glänzende Schlange, dann wandte er sich an Peppone und fragte:

«Ein Genosse, der aus der Partei abgehauen ist?»

«Nein, ein Priester, der aus dem Seminar entwischt ist», antwortete Peppone finster, ohne seinen Nachbarn eines Blickes zu würdigen.

Da kam der Smilzo zurück.

«Chef!» rief er und zeigte ihm schon von weitem die Doppelflinte und die Patronentasche.

Peppone ging ihm entgegen und nahm ihm Waffe und Munition ab. Er steckte zwei Patronen in die Flinte.

Ein alter Mann kam nach vorn.

«Herr Bürgermeister», sagte er, «ich hoffe, Ihr seid nicht so verrückt und schießt!»

«Was soll ich denn sonst tun? Der Bestie ein Ständchen bringen?» erwiderte Peppone.

«Man darf nicht schießen», bekräftigte ein zweiter Alter.

«Wenn man auf eine Schlange schießt, zerbersten die Flintenläufe.»

«Redet doch keinen Unsinn!» brummte der Smilzo. «Was haben denn die Schlangen mit den Flinten zu tun? Gibt es da irgendeinen Zusammenhang?»

«Und gibt es zwischen dem Mond und dem Wein einen Zusammenhang?» fragte ein dritter alter Mann.

«Nein», antwortete der Smilzo. «Was soll das?»

«Das soll sagen, daß man den Wein nur bei Vollmond und nach einem Mittwoch in die Flaschen abfüllen darf, sonst hält er sich nicht.»

«Abergläubischer Quatsch aus dem finsteren Mittelalter», sagte Peppone höhnisch, der seinerseits nie bereit gewesen wäre, ohne den rechten Mondstand seinen Wein abzufüllen, und wenn man ihm eine Pistole in den Nacken gesetzt hätte.

Peppone ließ das Flintenschloß einklicken und näherte sich dem Schutthaufen, doch ein Schrei nagelte ihn fest: «Giuseppe, mach keine Dummheiten! Man darf nicht auf Schlangen schießen!»

Es war die Ehefrau, die im letzten Augenblick dazugekommen war, sich rasch einen Überblick über die Lage verschafft hatte und sofort die Leitung der Operation in die Hand nahm.

«Du halt den Mund und geh nach Haus!» antwortete Peppone wütend. Aber man sah, daß er nicht mehr die Sicherheit von vorher hatte und zu schwitzen anfing.

Die Sache mit den berstenden Flintenläufen war nur bis zu einem bestimmten Grad ein Märchen, denn vor zwanzig Jahren hatte sich ein gewisser Verola auf diese Weise zugrunde gerichtet, als er im Wald auf eine Schlange schoß.

Inzwischen schien das Untier des Wartens müde und bewegte sich ein wenig. Peppone mußte um jeden Preis schießen. Während er die Flinte anlegte, hörte er Don Camillos Stimme:

«Gib sie mir, Genosse! Ich glaube nicht an den Quatsch des finsteren Mittelalters. Außerdem hab' ich weder Weib noch Kinder.»

«Bevor ich Euch diese Befriedigung verschaffe, zerberste ich lieber!» antwortete Peppone.

«Laß es sein!» redete Don Camillo ihm zu und legte ihm die Hand auf die Schulter. Aber Peppone schüttelte ihn ab. Mit einem Satz erreichte er eine etwas höhere Stelle und schoß eine Doppelladung auf die Schlange.

Die Riesennatter fuhr hoch, doch Peppone, von der Verzweiflung gepackt, war nun nicht mehr zu halten: blitzschnell lud er die Flinte nach und schoß eine zweite Ladung ab. Dann eine dritte und eine vierte.

«Es ist zu Ende», verkündete ihm Don Camillo. «Die Kugeln haben sie völlig zerfetzt. Herr Bürgermeister, Sie haben das Dorf gerettet!»

Dann kletterte Don Camillo auf den Schutthaufen und beugte sich über die leblose Hülle der Schlange. Nachdem er sie gepackt und hochgehoben hatte, wandte er sich um und zog sie hinter sich drein.

Von instinktivem Schrecken erfaßt, wich die Menge zurück. Doch als sie sah, daß es sich um den dicken, ölverschmierten Gummischlauch eines Tankwagens handelte, machte sie wieder einen Schritt nach vorn.

Peppone war weiß geworden wie die Wand.

«Wenn mir der Verbrecher in die Finger kommt, der sich diesen Scherz ausgedacht hat!» brüllte er.

Aber es handelte sich um gar keinen Scherz. Die Wahrheit kam wenige Stunden später ans Tageslicht, als Giarini, der Fernfahrer, völlig naiv im Café erzählte, daß er den alten verschmierten Gummischlauch am Abend zuvor auf den Schutthaufen geworfen habe.

Inzwischen war jedoch das Nichtwiedergutzumachende passiert, und man mußte sofort Gegenmaßnahmen ergreifen.

Peppone ließ die drei Zeitungsreporter holen und hielt ihnen einen knappen und klaren Vortrag:

«Wenn diese Geschichte in irgendeiner Zeitung erscheint, dann dreh' ich euch den Hals um!»

Das ganze Dorf war von selbst mobilisiert und brauchte keine Direktiven. Alle wußten, was sie zu tun hatten: den Mund halten und sich stellen, als sei nichts vorgefallen.

Ob es sich dabei um Peppone oder um irgendeinen anderen handelte, spielte keine Rolle. Der gute Ruf des ganzen Dorfes stand auf dem Spiel. Wenn nicht alle Bürger ihre Pflicht erfüllten, würde daraus ein Schaden für die Allgemeinheit erwachsen. Denn wenn die Leute aus den Nachbardörfern von dem, was vorgefallen war, Wind bekämen, wären die Bewohner des Hauptortes ein für allemal als ‹die mit der Riesenschlange› abgestempelt.

Im Hauptort ereignete sich nun etwas Wunderbares: Ressentiments und Parteiinteressen verschwanden, und alle Bürger verschmolzen zu einem einzigen Felsblock.

Und keiner redete, keiner spielte auf das Abenteuer mit der Riesenschlange an. Doch nach drei Tagen schlug eine Schreckensnachricht wie ein Blitz im Ort ein.

Peppone zögerte keinen Augenblick und raste ins Pfarrhaus.

«Hochwürden», rief er in höchster Aufregung, «heute müssen wir alle zusammenhalten, und jeder muß widerspruchslos seine Bürgerpflicht erfüllen!»

«Einverstanden», erwiderte Don Camillo.

«Ihr nehmt also das Fahrrad und rast nach La Palanca! In drei Tagen haben wir den Karnevalszug, und es ist durchgesickert, daß die aus La Palanca mit einem Wagen daran teilnehmen wollen.»

Don Camillo sah ihn erstaunt an.

«Was ist daran Böses?»

«Das Böse daran ist, daß die aus La Palanca einen Wagen mit einer großen Schlange machen wollen! Und während des Umzugs wollen sie ein Lied singen, das die Geschichte von der Riesenschlange erzählt!»

Don Camillo wiegte den Kopf.

«Das ist schlimm», murmelte er. «Auf der anderen Seite war es nicht anders zu erwarten. Es ist einfach unmöglich, einen so lächerlichen Vorfall geheimzuhalten.»

«Hochwürden», brüllte Peppone, «ich sage Euch, wenn die aus La Palanca sich hier mit einem solchen Wagen sehen lassen, dann geschieht ein Unglück! Wir sind nicht bereit, einen solchen Affront hinzunehmen! Nur Ihr könnt noch intervenieren und diese Leute überreden, ihre Idee aufzugeben. Wenn ich hinfahre, dann kann es passieren, daß ich fünfzehn oder sechzehn davon umbringe.»

«Das ist nicht nötig, Genosse», ermahnte ihn Don Camillo. «Es genügt schon, daß du die Riesenschlange umgebracht hast.»

«Schämt Euch!» kreischte Peppone. «Vergeßt nicht: Wenn ich auf Euch gehört hätte, dann hättet Ihr die Gummischlange selber erlegt! Im Geist habt Ihr sie sowieso mit umgebracht, weil Ihr neben mir gestanden seid!» Don Camillo warf den Umhang um, schwang sich aufs Fahrrad und nahm den Weg nach La Palanca.

Don Camillo war erst vor vierzehn Tagen in La Palanca gewesen und hatte es als das tristeste, düsterste und schwermütigste Dorf der Welt in Erinnerung. Ein Dorf mit einer finsteren, griesgrämigen, schweigsamen Bevölkerung.

Als er nun in La Palanca ankam, glaubte er, sich im Weg geirrt zu haben, denn er befand sich in einem lachenden, leuchtenden Dorf, mit herzlichen, aufgeschlossenen Leuten, die alle schrecklich wichtig taten.

Es schien, als seien selbst die Häuser anders – in der Farbe, in der Bauweise. Sie hatten sogar etwas Kokettes an sich.

Ein frisch hergerichtetes Dorf.

Ein neu erstandenes Dorf.

Don Camillo fragte nach dem Pfarrer.

«Der ist in der Sitzung der kommunistischen Genossenschaft», wurde ihm geantwortet.

Don Camillo dachte, man wolle ihn auf den Arm nehmen, aber als ein alter Mann vortrat und sich anerbot, ihn hinzubringen, begriff Don Camillo, daß die Sache ernst war.

Als er zur kommunistischen Genossenschaft kam, lehnte er sein Fahrrad an die Mauer und trat vorsichtig ein. Er kannte diese Mischung aus Verkaufsstelle und Kneipe als das Nest der palanchesischen Roten, die zu den wildesten gehörten.

Sobald er drin war, bot sich seinen Augen ein unglaubliches Schauspiel: Um einen großen Tisch voller Flaschen saßen in heiterer Harmonie die Anführer sämtlicher Richtungen diskutierend beisammen: der Pfarrer, die Klerikalen, die Monarchisten, die Republikaner, die Faschisten, die Sozialisten, die Kommunisten. Die Reichen und die Armen, die Jungen und die Alten, die Demokraten und die Nichtdemokraten, die Progressiven, die Konservativen und die Reaktionären.

Don Camillo hatte nicht den Mut, sich sehen zu lassen. Statt dessen schlich er sich wieder hinaus und schickte einen jungen Mann, der gerade vorbeikam, hinein, um den Pfarrer zu holen.

Kurz darauf kam der Pfarrer aus dem Saal.

«Oh, unser Don Camillo!» rief er und drückte ihm herzlich die Hand. «In welcher Angelegenheit kann ich Euch nützlich sein?»

«Ich wollte mit Euch reden, damit wir gemeinsam die

Maiprozession organisieren ...», stotterte Don Camillo, nur um irgend etwas zu sagen.

«Don Camillo, entschuldigt mich», erwiderte der andere. «Da werde ich an einem der nächsten Tage selbst zu Euch kommen. Dann haben wir Zeit soviel wir wollen. Jetzt aber muß ich sofort in die Versammlung zurück. Wir müssen die letzten Entscheidungen treffen. Die allerwichtigsten.»

Don Camillo hob resigniert die Arme, und der andere trat aufgeregt dicht an ihn heran:

«Ich darf Euch nichts verraten. Aber ihr werdet es am Sonntag sehen! Ihr werdet es am Sonntag sehen!»

«Ich verstehe», antwortete Don Camillo. «Aber meint Ihr nicht, daß das Spiel gefährlich werden könnte? Ich kenne die Leute aus dem Hauptort. Ich möchte nicht, daß irgend etwas Schlimmes passiert.»

«Etwas Schlimmes? Aber warum denn?» rief der Pfarrer. «Seit hundert Jahren warten wir darauf! Seit hundert Jahren leidet das Dorf schweigend. Hundert Jahre Provokationen, Beleidigungen, Verleumdungen! Haben wir nicht das Recht, endlich auch mal das Wort zu ergreifen?»

Don Camillo bohrte nicht weiter.

«Seht zu, daß Ihr es nicht übertreibt», riet er schüchtern.

«Seid beruhigt, Hochwürden!» rief der Pfarrer. «Wir in La Palanca, wir behalten einen klaren Kopf. Wir sind schließlich nicht die mit der Riesenschlange!»

Don Camillo fuhr direkt in Peppones Werkstatt.

«Da ist nichts zu machen, Genosse. Am Sonntag kommen die mit dem Schlangenwagen.»

«Wir lassen sie gar nicht erst in den Ort rein!» rief Peppone wütend.

«Die kommen rein, Peppone», bemerkte Don Camillo. «Die aus La Palanca sind nicht mehr dieselben wie früher. Ich hab' sogar das Dorf nicht mehr erkannt. Es wirkt wie neu. Und die Leute sind wie ausgewechselt.»

Don Camillo erzählte, was er in La Palanca gesehen hatte, und schloß: «Die Riesenschlange hat die von La Palanca merken lassen, daß sie zusammengehören. Vom Pfarrer bis zum extremsten Roten, vom Grundbesitzer bis zum letzten Feldarbeiter stehen die Leute aus La Palanca zusammen wie ein Felsblock. Sie sind einander so gewogen, daß es ein Verbrechen wäre, die holde Atmosphäre des Friedens zu stören.»

Peppone ballte die Fäuste: «Dann sollen sie machen, was sie wollen! Wenn am Sonntag Blut fließt, sind nicht wir schuld!»

Doch dann dachte er noch einmal darüber nach und modifizierte sein Programm:

«Wenn die gemerkt haben, daß sie zusammengehören, dann merken wir das erst recht! Heut abend halten wir auch eine Generalversammlung ab und beschließen die Gegenmaßnahmen.»

Die geplanten Gegenmaßnahmen sahen so aus, daß Reiche und Arme, Rote und Schwarze, Junge und Alte, Frauen und Männer sich darauf einigten, in rasender Eile einen Notwagen mit dem Thema «Der Triumph des Strohs» zusammenzustellen.

Als am folgenden Sonntag der Maskenzug im Hauptort stattfand, waren alle aus La Palanca anwesend. Auch die ganz alten Weiber, auch die Kranken.

Und alle verhielten sich großartig. Denn als sie den Strohwagen vorbeiziehen sahen, taten sie so, als sähen sie ihn gar nicht.

Und als die aus dem Hauptort den Wagen mit dem Schild: «Jagd auf die Riesenschlange» vorüberziehen sahen, machten sie es ebenso.

Der Wagen war ein Meisterwerk: Die große Schlange aus Ofenrohren riß immer wieder wild den Rachen auf, und um sie herum standen Kinder als Jäger verkleidet, die laute Schüsse auf das Untier abgaben.

Das Lied (der Wagen war mit einem Lautsprecher versehen) erläuterte den Vorfall in allen Einzelheiten.

Nachdem die sechsundneunzigjährige Gelinda Beghini, die älteste Frau aus La Palanca, die «Riesenschlange» hatte vorbeiziehen sehen, hob sie die Augen zum Himmel und sagte: «Und jetzt, Herr, kannst du mich auf der Stelle sterben lassen, denn ich sterbe zufrieden.»

Der Königswein

«Giocondo, könnten wir nicht eine Flasche von diesem besonderen Malvasier haben?»

Seit Jahren wiederholte sich dieses Spielchen mindestens dreimal die Woche, aber die Leute schienen es nicht satt zu bekommen, sondern im Gegenteil immer größeres Vergnügen daran zu finden.

Wer Wirt sein will, muß ein dickes Fell haben, und Giocondo verstand sein Handwerk. Trotzdem: immer wenn ihn dieser Ruf unvermittelt traf, konnte er nur schwer an sich halten. Als Antwort pflegte er dann alle möglichen anderen Sorten von süßem Weißwein zu offerieren, jedoch in einem Ton, als wolle er sagen: «Geh zum Henker!»

Natürlich wählte der Bösewicht vom Dienst mit teuflischer Sicherheit den geeignetsten psychologischen Moment und landete den Schlag, wenn die Osteria gesteckt voll war, so daß er schreien mußte, um von Giocondo – und allen anderen – gehört zu werden.

«Giocondo, könnten wir nicht eine Flasche von diesem besonderen Malvasier haben?»

Die Geschichte dieses «besonderen Malvasiers» hatte um 1908 begonnen, als Giocondo zwei oder drei Jahre alt war und sein Vater, Amilcare Bessa, die Osteria führte. Amilcare, seinerseits Sohn eines Gastwirts, war als Kellermeister geradezu ein Zauberer. Er arbeitete als Ehrenmann der guten alten Zeit, ohne chemisches

Dreckzeug zu verwenden, und beim Verschnitt hatte er das Gespür eines begnadeten Künstlers.

Doch Amilcare Bessas eigentliche Passion war der Weinbau. Er fühlte, daß ihn der liebe Gott zum Winzer geschaffen hatte. Allerdings hätte selbst Raffael, der doch bestimmt zum Maler geboren war, es nicht geschafft, etwas Großes in der Malerei zu leisten, wenn ihm der Besitz einer Leinwand, eines Pinsels und eines bißchen Farbe verwehrt geblieben wäre. Amilcare Bessa, zum Winzer geboren, besaß nur das Haus, in dem er wohnte und in dem sich die Osteria und der Weinkeller befanden. Er führte daher den Beruf seines Vaters weiter und begnügte sich damit, die von anderen erzeugten Trauben zu keltern. Trotzdem gab er den Traum, Winzer zu werden, nie auf, und nach Jahren geduldigen Wartens konnte er ihn tatsächlich verwirklichen: Es gelang ihm, den Garten seines Nachbarn zu kaufen und in einen Rebgarten zu verwandeln.

Einen mehr symbolischen Rebgarten freilich, denn es handelte sich nur um eine Handbreit Land. Aber Amilcare genügte es. Und tatsächlich konnte er nach einer bestimmten Zahl von Jahren seine eigenen Trauben keltern. Seine eigenen Trauben, nicht nur, weil sie aus seinem Weingarten stammten, sondern auch, weil niemand sonst diese Rebsorte hatte.

Die Gesamtproduktion des ersten Jahres betrug zwanzig Flaschen. Amilcare Bessa lagerte sie an der besten Stelle des Weinkellers und wartete voll Vertrauen.

An dem Tag, an dem er sich entschloß, eine Flasche zu öffnen, hatte er vor Aufregung Fieber. Er war allein im Keller, und er zögerte lange, ehe er das Glas an die Lippen setzte.

Aber kaum hatte er einen winzigen Schluck seines Weins gekaut, war es mit dem Zögern vorbei: Er rannte aus dem Keller, spannte das Pferd vor den Wagen und fuhr davon wie der Blitz. In Castellino angekommen, klopfte er an die Tür des alten Notars Barozzi, und als dieser öffnete, sagte Amilcare nur:

«Nehmen Sie Ihren Hut und kommen Sie mit mir!»

Aus Amilcares Erregung ersah der alte Notar Barozzi, daß etwas Wichtiges vorgefallen sein mußte, und erhob deshalb keine Einwände. Auch während der Fahrt machte er den Mund nicht auf. Auf diese Weise fand er sich eine halbe Stunde später im Weinkeller der Osteria, und erst jetzt fragte er:

«Darf man erfahren, worum es geht?»

«Ich brauche ein Gutachten», antwortete Amilcare.

«Worüber?»

«Über meinen Malvasier.»

Der Notar verzog das Gesicht.

«Malvasier!» rief er mit Abscheu. «Zeug für kleine Mädchen!»

Amilcare Bessa kramte in einem Winkel des Kellers und kehrte mit einer Flasche zurück. Er entkorkte sie, goß die ersten Tropfen auf den Boden, schenkte zwei Finger hoch Wein in ein Glas und reichte es dem Notar.

Der wandte sich zur offenen Tür und hielt den Wein gegen das Licht, dann setzte er das Glas an die Lippen und schlürfte einen kleinen Schluck.

Lange wälzte er das Schlückchen zwischen Zunge und Gaumen, wobei er angestrengt nachzudenken schien. Dann nahm er einen zweiten – ausgiebigeren – Schluck zur Bestätigung. Danach gab er Amilcare das leere Glas zurück und verkündete:

«Das ist ein Königswein.»

Der Notar Barozzi, ein Brummbär mit einem goldenen Herzen, war in Sachen Wein die Unnachgiebigkeit in Person. «Ich scheue mich nicht, es zu gestehen», pflegte er zu sagen, «auch wenn von meinem positiven Urteil mein Leben oder das eines anderen abhinge, würde ich nie zulassen, daß ein mittelmäßiger Wein gut genannt wird. Man kann zur Polenta Brot sagen oder zum Brot Polenta, aber zum Wein muß man Wein sagen.»

Und dieser Notar Barozzi hatte gesagt, Amilcares Wein sei ein Königswein!

Es brauchte ein paar Minuten, bis sich der Wirt wieder erholte. Schließlich gelang es ihm zu fragen:

«Was bin ich Ihnen für Ihre Bemühungen schuldig?»

«Ein Glas von deinem Malvasier», antwortete der Notar.

Amilcare dachte ausgiebig nach über das, was ihm der Notar Barozzi gesagt hatte. So kam er eines Tages zu der überaus logischen Folgerung: «Es ist ein Königswein, denn das hat der Notar Barozzi gesagt. Und wer soll ihn dann trinken? Diese ungehobelten Bauernlümmel? Oder der erstbeste, der zufällig hier einkehrt? Wenn es ein Königswein ist, dann soll ihn auch der König trinken!»

Er ging in die Stadt und ließ sich schöne Etiketten drucken mit der Aufschrift: *Königsmalvasier – Produktion Amilcare Bessa.* Die klebte er dann auf die verbliebenen zwölf Flaschen, packte die Flaschen in eine feste Kiste und schickte sie, zusammen mit einem kleinen Brief, den ihm der Notar diktiert hatte, an den König.

Natürlich kam einige Zeit später aus der königlichen Residenz ein prächtiger Brief, in dem stand, daß sich Seine Majestät sehr über das Geschenk gefreut und den Wein «hervorragend» gefunden habe.

Das war ein denkwürdiger Tag. Amilcare ließ den Brief mit einem prunkvollen Goldrahmen versehen und hängte ihn in die Mitte des Regals hinter der Theke, unter ein großes Porträt des Königs. Der kleine Hausaltar wurde durch zwei Flaschen des berühmten *Königsmalvasiers* vervollständigt.

Amilcare Bessa war ein ernsthafter und genauer Mann. «Der König», dachte er, «hat mir eine außerordentliche Ehre erwiesen, und ich wäre ein Schuft, wenn ich die Großmütigkeit Seiner Majestät ausnützen würde, um Geld zu verdienen. Wenn der Wein *Königsmalvasier* heißt, dann darf ihn auch nur der König trinken. Natürlich muß ich ganz sicher sein, daß der Wein tadellos ist, eh' ich die Flaschen wegschicke; so werde ich neben dem König der einzige sein, der den *Königsmalvasier* kostet.»

Er reduzierte daraufhin seine Produktion von zwanzig auf fünfzehn Flaschen, und von den fünfzehn gingen jedes Jahr zwölf als Geschenk an den König. Drei wurden zurückbehalten: eine zum Probieren und die beiden anderen für den Hausaltar.

Auf diese Weise blieben jedes Jahr zwei Flaschen *Königsmalvasier* übrig. Sie bildeten im Keller die *Königliche Reserve* für den Fall, daß eine der jährlichen Partien sich einmal als nicht würdig erweisen sollte, an den König geschickt zu werden. Nur in ganz großen Ausnahmefällen wurde eine Flasche der *Reserve* entkorkt.

Soweit der verwaltungstechnische Teil der Geschichte. Der historische Teil ist noch rascher erzählt.

Amilcare Bessa schickte also jedes Jahr pünktlich seine zwölf Flaschen *Königsmalvasier* an den König, und bis zu seinem Tod blieb das Hausaltärchen der Mittelpunkt des Regals.

Amilcares Sohn Giocondo konnte das Altärchen nur noch wenige Monate halten, denn dann brach die faschistische Republik von Salò aus, und man wollte nichts mehr von Königen und Königinnen wissen.

Genau damals begann das Spielchen, daß man Giocondo nach einer Flasche von «diesem besonderen Malvasier» fragte.

Während der Republik von Salò schlug das Schicksal ein zweites Mal hart zu: Bei einer Hausdurchsuchung entdeckten die Deutschen im Keller der Osteria die Flaschen der *Königlichen Reserve* und soffen sie alle aus.

Der alte Amilcare hatte vor seinem Tod noch zu seinem Sohn gesagt: «Giocondo, ich lege dir die Flaschen für den König ans Herz. Blamier mich nicht!»

Und Giocondo war ein anständiger Mensch und voll guten Willens. Aber wie sollte er den Wunsch seines Vaters erfüllen? Als das Durcheinander von Krieg und Republik vorbei war und es so aussah, als würde nun alles wieder wie früher, da brach eine neue Republik aus, und der König mußte ins Exil.

Das war ein Fall von höherer Gewalt, und nachdem sich Giocondo eine Weile abgehärmt hatte, fand er seinen inneren Frieden wieder: «Der Alte», dachte er, «wird verstehen, daß es nicht meine Schuld ist, wenn der König nicht kriegen kann, was ihm zusteht.»

So hatte er zwar seinen Frieden gefunden, aber die anderen ließen ihn nicht in Frieden, und nach dem 6. Juni 1946 ging das Spielchen wieder los:

«Giocondo, könnten wir nicht eine Flasche von diesem besonderen Malvasier haben?»

Inzwischen ging das schon sieben, acht Jahre lang so. Und Giocondo ertrug es nur mit Mühe. Aber es blieb ihm nichts anderes übrig.

Doch eines Tags verlor Giocondo die Geduld.

Diesmal traf ihn der Schlag in einem Augenblick relativer Ruhe: Es fehlte gerade noch eine Stunde bis zur Schließung des Lokals, und draußen regnete es in Strömen. In der Osteria saßen nur noch vier Gäste und spielten Karten: Peppone, Smilzo, Bigio und Brusco. Giocondo hatte die Ellbogen auf die Marmorplatte der Theke gestützt und sah ihnen schläfrig zu.

Plötzlich rief der Smilzo: «Giocondo, noch eine Flasche!»

«Ach ja», setzte Peppone hinzu, während er die Karten mischte, «warum bringt Ihr uns nicht zur Abwechslung mal eine schöne Flasche von diesem berühmten Malvasier?»

Smilzo, Bigio und Brusco feixten.

«Von was für einem berühmten Malvasier redet Ihr?» fragte Giocondo und kam hinter der Theke hervor.

Diese Reaktion war unerwartet.

«Ach», stotterte Peppone verwirrt, «von diesem besonderen Malvasier eben ... Hattet Ihr nicht einen besonderen Malvasier eigener Produktion?»

«Aber ja», fügte Smilzo hinzu. «Ich erinnere mich noch ganz genau, daß bis vor kurzem dort oben im Regal ein großes Bild hing mit zwei prächtigen Flaschen Malvasier davor. Kannst du dich nicht mehr daran erinnern, Bigio?»

«Doch, natürlich», bestätigte Bigio. «Wart mal, wie hieß doch dieser Malvasier?»

«Mir liegt es auf der Zunge», rief Brusco. «Er hatte so einen komischen Namen.»

Das Spiel hatte jetzt lange genug gedauert.

«Er hatte überhaupt keinen komischen Namen», sagte Giocondo.

«Den Namen hatte sich mein Vater ausgedacht. Er hieß *Königsmalvasier.*»

«Ja, genau!» rief Peppone vergnügt. «Genauso hieß er. Und wieso produziert die Firma diesen Malvasier nicht mehr?»

Die anderen drei der Bande grinsten.

«Die Firma produziert ihn noch», erklärte Giocondo.

Auch diese Antwort war nicht vorgesehen und verwirrte die vier. «Wenn die Firma diesen Malvasier noch produziert», warf Smilzo ein, «wie nennt sie ihn dann jetzt?»

«*Königsmalvasier.*»

«Oh wie schön!» brüllte Peppone.

«Und an wen schickt Ihr ihn jetzt? An den Kartenkönig?»

«An niemanden», erklärte Giocondo ruhig. «Ich behalte ihn hier, und wenn der König zurückkehrt, schicke ich ihm auch die aufgehobenen.»

Die vier sahen sich an, dann brachen sie in lautes Lachen aus.

«Giocondo ist heut abend zu Scherzen aufgelegt», rief Peppone vergnügt. «Also, es lebe die Fröhlichkeit, und darauf trinken wir jetzt eine schöne Flasche Lambrusco!»

«Die Flasche Lambrusco bring' ich sofort. Aber ich hab' keineswegs gescherzt. Überzeugt euch selbst.»

Giocondo wandte sich zum Keller, und nach kurzem Zögern standen die vier auf und gingen ihm nach.

Unten im Keller blieb Giocondo vor einer Tür stehen, die oben eine Klappe hatte. Die öffnete er und drehte an einem Schalter. Ein Licht ging an. «Da könnt ihr schauen», sagte Giocondo und trat zur Seite.

Als erster schaute Peppone durch die Klappe, dann die anderen drei, und alle sahen das Regal mit den Flaschen, deren Etikett deutlich zu erkennen war: *Königsmalvasier – Produktion Amilcare Bessa & Sohn.*

Im Mittelpunkt des Regals stand das berühmte Hausaltärchen mit zwei Porträts: dem des verstorbenen und dem des lebenden Königs.

«Das ist die Produktion von neun Jahren, von fünfundvierzig bis dreiundfünfzig», erklärte Giocondo. «Zwölf mal neun macht hundertacht Flaschen. Dazu zwei Flaschen pro Jahr für die *Königliche Reserve.*»

Peppone schüttelte den Kopf: «Und die hebt Ihr hier auf?»

«Die heb' ich hier auf.»

«Und wartet?»

«Und ihr», erwiderte Giocondo, «macht ihr das vielleicht anders? Die Proletarische Revolution könnt ihr jetzt nicht verwirklichen, aber habt ihr deshalb darauf verzichtet? Ihr bereitet alles für das Kommen der Proletarischen Revolution vor. Ich bereite alles für das Kommen des Königs vor. Kommt die Proletarische Revolution zuerst, dann trinkt ihr den Königswein, wie ihn die anderen da getrunken haben. Kommt der König vorher, dann trinkt er seinen Wein selbst.»

«Und die Moral», rief Peppone: «Im einen wie im anderen Fall bleibt Ihr selbst ohne Wein.»

«Es ist ein Unterschied, ob man etwas freiwillig hergibt oder ob es einem genommen wird», erklärte Giocondo. «Wie auch immer: Jeder soll seine eigenen Ansichten haben und die der anderen respektieren. Ich bin ein guter Demokrat.»

«Ob Ihr ein guter Demokrat seid mit diesen nostalgischen Rosinen im Kopf, das muß erst noch festgestellt werden», meinte Peppone. «Sicher ist jedoch, daß Ihr ein schlechter Wirt seid. Denn als guter Wirt müßtet Ihr den Namen Eures Weines ändern und ihn in den Handel bringen. Ein guter Wirt reserviert seinen besten Wein für die Gäste und nicht für seine politischen Träumereien.»

«Und wie sollte ich ihn nennen?» erkundigte sich Giocondo.

«Statt *Königsmalvasier* nennt Ihr ihn *Präsidentenmalvasier,* und alles ist in Ordnung.»

Giocondo schüttelte den Kopf: «Der Präsident der Republik braucht meinen Wein nicht. Der hat mehr als genug eigenen. Außerdem hat der Doktor Barozzi, als er den Wein versuchte, zu meinem Vater nicht gesagt: ‹Das ist ein Präsidentenwein.› Er hat gesagt: ‹Das ist ein Königswein.›»

Peppone schüttelte grinsend den Kopf. Dann fragte er:

«Giocondo, unter den Flaschen der *Königlichen Reserve* ist nicht zufällig eine mit *Bürgermeisterwein?»*

«Nein», erklärte Giocondo. «Das ist alles Königswein. Ihr seht doch, daß es auf den Etiketten steht.»

«Halt!» brüllte der Smilzo. «*Königliche Reserve,* erste Reihe, dritte Flasche von links: da fehlt das Etikett!»

Tatsächlich hatte sich das Etikett gelöst und war irgendwo hinuntergefallen. Giocondo überprüfte den Tatbestand durch die Klappe, dann sagte er: «Der Inhalt ist der gleiche, mit und ohne Etikett. Die da könnte man schon trinken, aber nur auf das Wohl des Königs.»

Peppone drehte sich um und ging zur Kellertür: «Zu teuer!» rief er. «Das ist nichts für arme Proletarier.»

Zusammen mit den anderen kehrte er an den Tisch zurück, und sie fingen wieder an zu spielen.

Nach etwa zehn Minuten kam Giocondo: «Also, soll ich jetzt die Flasche Lambrusco bringen?»

«Nein», antwortete Peppone finster. «Bringt den Malvasier. Wir zahlen, was zu zahlen ist. Es ist das Schicksal des Proletariers, daß er immer den Halsabschneidern in die Hände fällt.»

Giocondo ging und kam kurz darauf mit fünf besonderen Gläsern wieder, solchen aus dünnem Glas, und setzte sie auf ein Tablett aus funkelndem Messing.

Dann brachte er die Flasche, und beim Entkorken sagte er: «*Königliche Reserve,* Jahrgang 1945.»

Er füllte jedes der fünf Gläser zwei Finger hoch.

«Auf das Wohl des Königs», sagte er und hob das Glas.

«Zum Wohl», murmelten die anderen vier und hoben ihr Glas gerade so hoch, daß es als schwache Andeutung gelten konnte.

Sie tranken einen Tropfen.

Dann kauten sie ihn, dachten darüber nach und tranken einen zweiten Tropfen zur Bestätigung.

Danach stellte Peppone sein Glas aufs Tablett und erklärte: «Es ist ein Königswein.»

«Bei allem Respekt und der Ergebenheit, die ich für die Republik habe», sagte der Smilzo, während er sein

Glas ebenfalls abstellte, «ich bin derselben Meinung wie der Chef.»

«Ich auch», murmelten Bigio und Brusco.

Peppone füllte sich sein Glas neu und die der anderen auch. «Politische Überzeugung bleibt politische Überzeugung», verkündete er mit feierlicher Stimme, «und davon darf man nicht abweichen, selbst nicht angesichts der sieben Weltwunder. Aber man muß auch den Mut und die Ehrlichkeit haben, der Göttin der historischen Gerechtigkeit ins Auge zu blicken. Und wenn Giuseppe Mazzini selber hier säße, würde er frank und frei anerkennen, daß das ein Königswein ist!»

«Gut gesprochen, Chef!» applaudierte die Bande.

Giocondo sagte nichts, denn er war gerührt. Ergriffen von der inbrünstigen Risorgimento-Stimmung, lief er in den Keller und kam mit einer neuen Flasche der *Königlichen Reserve* wieder.

Einer Flasche mit einem großen Etikett.

Draußen regnete es immer noch in Strömen.

Giocondo sperrte die Tür der Osteria ab, um Peppone und dem verbleibenden Volk die Möglichkeit zu geben, der Göttin der historischen Gerechtigkeit noch freimütiger ins Auge zu blicken – bei einer zweiten und vielleicht sogar bei einer dritten Flasche *Königsmalvasier*.

Das Attentat

Der Smilzo stand immer noch am Bahnübergang an der Krummen Straße, denn genau da hatte er Anita getroffen, die mit dem Fahrrad aus dem Dorf gekommen war.

Es ging um nichts Politisches: Anita war eine alte Jugendflamme, und der Smilzo war ein paarmal nahe daran gewesen, sie zu heiraten. Statt dessen hatte er dann die Moretta geheiratet. Trotzdem: wenn er Anita traf, die immer noch unverheiratet war, ließ er sich nur allzu gern auf ein Schwätzchen ein.

Auch Anita hatte nichts dagegen, und sei es nur, um die Moretta zu ärgern. Und so war es an diesem Abend genauso gegangen wie an anderen auch: Eineinhalb Stunden nachdem sie sich getroffen hatten, standen die zwei immer noch eng beisammen und lachten und tändelten in der Dunkelheit.

Smilzo lehnte am linken Schrankenpfosten. Es wäre besser gewesen, er hätte sich an den rechten gelehnt, das heißt an den, auf dem die Eisenstange mit dem Gegengewicht auflag.

Gerade als es am schönsten war, hatte man nämlich vom Bahnhof im Dorf das Stahlkabel gezogen, mit dessen Hilfe die Schranke aus der Ferne heruntergelassen werden konnte, und der arme Smilzo bekam einen solchen Schlag auf den Kopf, daß er wie tot zu Boden ging.

Nachdem Anita vergeblich versucht hatte, ihn mit

Wasser aus dem Straßengraben, das sie ihm über Gesicht und Kopf goß, wieder zum Leben zu erwecken, bekam sie's mit der Angst zu tun. Sie nahm ihr Fahrrad und machte, daß sie fortkam.

Vor allem lag ihr daran, hier nicht in der Nacht zusammen mit einem Mann überrascht zu werden, der nicht nur verheiratet war, sondern auch noch tot zu sein schien.

In Wirklichkeit war der Smilzo aber nicht tot. Die Bahnschranke hatte seinen Kopf nur gestreift und mit ihrer vollen Wucht erst die Schulter getroffen. Es dauerte eine Zeitlang, bis er wieder zu sich kam. Aber er kam zu sich.

Inzwischen war der Zug bereits durchgefahren und die Schranke wieder offen. Der Platz war nach wie vor still und verlassen, voller Schatten und Geheimnisse, wie in den stimmungsvollen Romanen.

Smilzo rappelte sich mühsam hoch, und nachdem er sein Fahrrad wiedergefunden hatte, schlich er im Schneckentempo auf den Hauptort zu.

Als er endlich den Saal der Genossenschaft erreichte, ließ er sich erschöpft auf einen Stuhl fallen. Sein Gesicht war voll Blut, und auf der rechten Kürbisseite sproß eine riesige Beule.

Sofort drängten sich alle um ihn. Peppone goß ihm ein kleines Glas Grappa auf den Kopf und ein großes in den Schlund, und als der Smilzo es überall brennen fühlte, kehrten seine Lebensgeister zurück.

Daraufhin schleppte ihn Peppone mit Bigios Hilfe ins Büro, weg von den indiskreten Blicken, und nachdem er die Tür abgeschlossen hatte, fragte er:

«Wer war es?»

«Ich weiß es nicht», murmelte Smilzo.

«Wann ist es passiert?»

«Vor zwanzig Minuten, glaub' ich. Ich war bewußtlos.»

«Wo ist es passiert?»

«Am Bahnübergang an der Krummen Straße. Ich hab' mich dort unterhalten. Der Schlag hat mich von hinten getroffen, ich konnte es nicht sehen.»

Peppone faßte Smilzo am Rockaufschlag: «Smilzo, rede! Mit wem hast du dich unterhalten?»

«Mit einem aus Molinetto ...»

«Rede, oder ich sorg' dafür, daß dir noch eine zweite und größere Beule am Hirn wächst! Wer ist dieser Kerl aus Molinetto, der dich niedergeschlagen hat?»

Smilzo protestierte: «Nein, der hätte gar nicht können. Wir standen ganz eng umschlungen ...»

Peppone sah Bigio an. Dann faßte er erneut Smilzos Kragen: «Wie heißt dieser Kerl aus Molinetto, mit dem du eng umschlungen standst?»

«Anita», flüsterte Smilzo traurig.

«Ich verstehe», sagte Peppone. «Du bist so blöd wie eh und je. Aber diesmal geht es für Ricciolino nicht gut aus.»

Ricciolino war Anitas älterer Bruder, einer, der die «Roten» nicht ausstehen konnte. Als Anita noch mit Smilzo ging, war es Ricciolino gewesen, der das Verhältnis auseinandergebracht hatte. Und des öfteren hatte er in der Öffentlichkeit erklärt, wenn sich seine Schwester noch einmal mit einem bestimmten Gesindel abgäbe, würde es eingeschlagene Schädel geben.

«Komm», knurrte Peppone finster zu Bigio. «Mit dem müssen wir sofort abrechnen.»

«Chef», keuchte Smilzo, «stürz mich nicht ins Unglück!»

«Mach du dir keine Sorgen: Den Ricciolino nehmen *wir* uns vor.»

«Und wer nimmt sich meine Frau vor, wenn es zum Skandal kommt?»

«Das ist deine Sache. Vielleicht vergeht es dir dann, um die Mädchen herumzuschwänzeln.»

Ricciolino saß in aller Ruhe in der Osteria von Molinetto beim Kartenspiel. Peppone ließ ihm vom Wirt sagen, er möchte in einer dringenden Angelegenheit für einen Moment herauskommen. Zwei Viehhändler wollten ihn sprechen.

Und Ricciolino ging ohne Argwohn hinaus.

Als er sah, um welche Art von Viehhändlern es sich handelte, preßte er die Zähne zusammen.

«Was soll das?» fragte er. «Was sind das für Scherze?»

«Das ist kein Scherz», antwortete Peppone düster. «Ich glaube, das wirst du bald merken. Komm ganz ruhig mit und werd' nicht frech, denn je mehr du dich aufführst, desto schlimmer wird es für dich.»

Bigio blieb als Deckung zurück, und Peppone bog mit Ricciolino in einen Karrenweg ein.

«Junger Mann», begann Peppone drohend, sobald sie außer Sichtweite waren. «Seit Jahren versuchst du uns zu provozieren, und keiner hat dich jemals ernst genommen. Solange es um Worte ging, hab' ich's durchgehen lassen. Aber jetzt, wo du vom Wort zur Tat geschritten bist, sieht die Sache anders aus!»

Ricciolino war ehrlich erstaunt.

«Peppone», rief er, «es ist mindestens ein Jahr her,

daß ich dich und deine Genossen überhaupt erwähnt habe – öffentlich oder privat. Was erzählst du denn da für eine Geschichte?»

«Eine Geschichte, die vor einer halben Stunde am Bahnübergang an der Krummen Straße passiert ist!»

«Und was soll ich damit zu tun haben? Fünfzig Personen können bezeugen, daß ich seit zwei Stunden da drin in der Osteria sitze, fest auf meinen Stuhl genagelt.»

«Und wenn das so ist, wer hat dann dem Smilzo vor einer halben Stunde den Schlag auf den Kopf verpaßt?»

Beim Namen Smilzo fuhr Ricciolino wütend hoch: «Was geht mich denn dieser aufgeblasene Trottel an? Was hab' ich damit zu tun, wenn der einen Schlag auf den Kopf kriegt?»

«Du *hast* damit zu tun, Ricciolino», erklärte Peppone. «Denn der Smilzo war damit beschäftigt, sich mit deiner Schwester zu unterhalten.»

«Mit meiner Schwester?» brüllte Ricciolino. «Heut abend schlag' ich ihm den Schädel ein!»

Peppone packte ihn an der Schulter: «Du schlägst gar nichts ein, du komische Figur! Vor allem weil ich hier bin, um *dir* den Schädel einzuschlagen.»

«Peppone», schrie Ricciolino mit Schaum vor dem Mund. «Wenn du hergekommen bist, um eine Gemeinheit zu begehen – meinetwegen. Aber dann laß wenigstens die blöden Rechtfertigungen! Seit zwei Stunden sitz' ich da und spiel' Karten, und ich bin keine Sekunde vom Tisch aufgestanden!»

Peppone war ziemlich verwirrt ob der Sicherheit des jungen Mannes.

«Wenn du's nicht warst», murmelte er, «wer kann dann Smilzo verprügelt haben?»

«Alle können ihn verprügelt haben, denn er ist ein solcher Gauner, daß ihn keiner leiden kann, der ihn kennt.»

«Das stimmt nicht! Smilzo hat seine Qualitäten!»

«Seine Qualitäten soll er für seine Frau aufsparen und nicht für meine Schwester! Er profitiert doch bloß davon, daß er von dir und deiner ganzen Bande gedeckt wird. Aber der kommt mir schon noch mal in die Schußlinie!»

«Und ist er dir nicht schon vor einer halben Stunde in die Schußlinie gekommen?» gab Peppone nicht auf.

«Nein! Und das tut mir leid!» schrie Ricciolino.

Angesichts dieses Schreis, der wirklich aus tiefster Seele zu kommen schien, fühlte sich Peppone entwaffnet. Er rief Bigio:

«Geh in die Osteria und schau, ob du einen von uns siehst. Den nimmst du dir beiseite und fragst ihn, seit wann der da drin sitzt.»

Bigio ging mit seinem Auftrag ab und kam nach wenigen Minuten zurück. «Seit zwei Stunden», sagte er. «Überprüfte Nachricht.»

Peppone breitete die Arme aus: «Ricciolino, es tut mir wirklich leid, daß nicht du es warst, der den Smilzo verprügelt hat.»

«Stell dir vor, wie leid es erst mir tut!» erwiderte Ricciolino giftig.

«Wir müssen die Untersuchung in eine andere Richtung lenken», murmelte Peppone. «Mal sehen: Ricciolino, mit wem geht deine Schwester jetzt?»

«Mit allen, mit denen sie nicht sollte!» knurrte der junge Mann. «Aber heut abend dreh' ich ihr den Hals um.»

Ricciolino lief wütend weg, und Peppone ließ ihn laufen.

Bis sie zum Hauptquartier zurückkamen, hatte sich Smilzo mit Grappa vollaufen lassen. Peppone zog ihn hoch und schleppte ihn hinaus ins Freie.

«Steig aufs Rad und fahr hinter uns drein», befahl er, während er sich selbst in den Sattel schwang.

Nach zehn Minuten waren alle drei an dem verdammten Bahnübergang. Sie ließen die Räder am Rand des Straßengrabens liegen.

«Smilzo», sagte Peppone, «stell dich jetzt genauso hin, wie du gestanden hast, als dich der Schlag getroffen hat.»

Smilzo lehnte sich an den linken Pfosten, und Peppone betrachtete ihn sich einen Augenblick. Dann wandte er sich zu Bigio: «Probier mal, die Schranke langsam herunterzulassen.»

Bigio hob das Gegengewicht aus Gußeisen hoch, und die weißrote Stange senkte sich.

«Halt!» befahl Peppone, als die Stange vier Finger über Smilzos Kopf stand.

Dann sagte er zu Smilzo: «Jetzt dreh dich auf die andere Seite. Ja so, bleib stehen. Du, Bigio, mach weiter, aber jetzt mit mehr Schwung!»

Eine Sekunde später hörte man einen Schrei: Smilzo hatte einen neuen Schlag auf den Kopf bekommen, jetzt auf der anderen Seite.

«Hast du jetzt begriffen, wie's passiert ist?» fragte Peppone.

Niemand hatte gesehen, was sich am Bahnübergang zugetragen hatte. Niemand hatte ein Wort gehört, das am Bahnübergang gesprochen worden war.

Doch am nächsten Morgen hing am Anschlagbrett des Pfarrhauses eine Zeichnung, die einen Bahnübergang darstellte. Statt der Schranke hatte der Künstler einen langen knotigen Prügel gezeichnet. Die Bildunterschrift lautete: «*Wir protestieren gegen die nächtlichen Ausschreitungen des Bahnübergangs an der Krummen Straße! Es handelt sich um eine faschistische Schranke, die meuchlings Genossen niederschlägt – unter schamloser Ausnützung ihrer Gefühle und ihrer Rückkehr zu alten Flammen!*»

Der Smilzo konnte das nicht ruhig hinnehmen. Aber wie sollte sich einer, der den Kopf voller Beulen hat, auch bezähmen können – selbst wenn er die Tröstungen des marxistischen Glaubens genießt. Als Smilzo die Zeichnung sah, riß er sie ab und steckte sie in die Tasche.

Im selben Moment erhielt er einen unbeschreiblichen Fußtritt in den Hintern, versehen mit der liebenswürdigen Rechtfertigung: «Das ist der einzige Teil deines Kopfes, der noch frei ist.»

Smilzo steckte den Fußtritt standhaft ein und entfernte sich würdevoll. Nach zehn Schritten drehte er sich um und sagte: «Wer aus politischen Gründen in den intimen Angelegenheiten eines Gegners wühlt, ist ein Schmutzfink.»

«Aber ein noch viel größerer Schmutzfink ist einer, der Frau und Kinder hat und mit den Mädchen herumpoussiert. Du hast es ja gesehen: Wenn er auch Gottes Strafe entgeht, der Strafe der Staatlichen Eisenbahnen entgeht er nicht.»

Da sich die Szene in aller Öffentlichkeit abgespielt hatte, begriff der Smilzo, daß ihn seine Frau, wenn er jetzt heimginge, mit irgendeinem gußeisernen Gegenstand empfangen würde. Daher lenkte er seine Schritte direkt zum Volkshaus und ging zu Peppone.

«Chef, man hat mir öffentlich einen Fußtritt in den Hintern versetzt. Diesmal war es nicht die Bahnschranke, sondern Don Camillo.»

«Meuchlings?»

Smilzo zog das zerknitterte Blatt aus der Tasche und reichte es Peppone: «Diese Gemeinheit hab' ich am Anschlagbrett der Pfarrei gefunden und abgerissen. Daraufhin hat er mir den Fußtritt verpaßt.»

Peppone betrachtete die Zeichnung. Dann rief er die Frau des Kantinenwirts und gab ihr das Blatt: «Bügle es, damit es wieder wie neu wird.»

Nach zehn Minuten bekam er das Blatt zurück, und nachdem er es sorgfältig zwischen zwei Pappen gelegt hatte, ging er weg.

Vor der Anschlagtafel des Pfarrhauses angelangt, zog er die Zeichnung heraus und heftete sie mit vier Reißnägeln ans Brett.

Natürlich stand sofort Don Camillo hinter ihm, und als sich Peppone umwandte, trafen sich ihre Blicke.

«Die Ordnung ist wieder hergestellt», erklärte Peppone. «Damit sich die Leute amüsieren können. Das wird aber ein schwerer Schlag für die marxistische Idee sein!»

Don Camillo trat zu dem Anschlagbrett, nahm die Zeichnung herunter, zerriß sie und warf die Fetzen weg.

«Wir bekämpfen die marxistische Idee nicht mit solchen Klatschgeschichten», erklärte er. «Das ist nicht auf meinem Mist gewachsen.»

«Und der Fußtritt, den Ihr dem Smilzo gegeben habt? Stammt der von Eurem Mist?» erkundigte sich Peppone.

«Das kann ich nicht leugnen», gab Don Camillo zu.

«Und wären das die Argumente, mit denen Ihr die marxistische Idee zu bekämpfen beabsichtigt, Hochwürden?»

«Nein. Aber unter bestimmten Umständen schließe ich nicht aus, daß ein saftiger Fußtritt eine beredte Bestätigung des Prinzips darstellen kann.»

Peppone sah ihn mit mitleidigem Kopfschütteln an: «Das ist das Prinzip des Untergangs, Hochwürden. Ich bin jedoch stets ein Mann von Welt, und wenn Ihr mal keinen Ausweg mehr wißt, bin ich gern bereit, den ganzen Laden hier zu übernehmen.» Und damit zeigte er mit großer Geste auf Kirche und Pfarrhaus.

Die beiden trafen sich am Nachmittag des folgenden Tages wieder, und zwar im Salon der Wohltätigkeitslotterie für Ferienheime am Meer.

Es handelte sich um eine unpolitische Angelegenheit, organisiert von Personen der unterschiedlichsten Richtungen, und so war es logisch, daß alle die Initiative unterstützten. Die Preise waren ausnahmslos zusammengebettelt worden und stellten daher ein seltsames Sammelsurium dar.

Der Bürgermeister Peppone kaufte zwanzig Lose, und daraufhin kaufte auch Don Camillo zwanzig Lose.

Es wirkte wie eine von einem Regisseur gestellte Szene: Neunzehnmal gewann Peppone Bleistifte, Federn und Holzpfeifen, die er an die umstehenden Kinder verteilte. Beim zwanzigsten Mal aber gewann er einen der Hauptpreise: «Ein Madonnenbild mit prachtvollem Rahmen». Und Don Camillo gewann neunzehnmal wertlosen Plunder, aber beim zwanzigsten Mal fiel auch auf ihn ein Hauptpreis: «Ein Farbporträt des sowjetischen Ministerpräsidenten Malenkow mit prachtvollem Rahmen, Geschenk der Sektion der PCI».

«Das sieht ja aus, als hätten die sich abgesprochen!» riefen alle. Beim Hinausgehen fanden sich Don Camillo und Peppone Seite an Seite, und so gingen sie ein gutes Stück auf der Straße nebeneinander her. Als sie am Kirchplatz angekommen waren, blieb Don Camillo stehen.

«Herr Bürgermeister», sagte er und reichte Peppone das Farbporträt des Kommunistenführers, «wenn auch das Schicksal ungerecht war, wir können das wiedergutmachen: Tauschen wir?»

Peppone schüttelte den Kopf: «Und warum? Euch kann das Bild doch sehr nützlich sein: Ihr prägt Euch das Gesicht ein, und wenn sein Träger auch hierher kommt, dann ist es für Euch keine Überraschung mehr.»

«Ganz recht, Herr Bürgermeister. Aber wozu kann Ihnen das Madonnenbild nützlich sein?»

«Um auf den Knien davor zu bitten, daß Ihr endlich mal was aufs Dach bekommt», knurrte Peppone und entfernte sich. Vergnügt trat Don Camillo ins Pfarrhaus. Er legte das Porträt in eine Truhe, und bevor er den Deckel schloß, entschuldigte er sich: «Ich kann dich nicht bitten, Genosse, dem Peppone was aufs Dach zu geben. Das Schlimme ist, daß du es ihm trotzdem gibst – ihm und uns allen, wenn es so weitergeht.»

Dann machte er die Truhe zu.

«Jesus», flüsterte er und hob die Augen zum Himmel. «Wir sind wie ein dummer Hund, der sich damit abmüht, im Kreis herum seinem Schwanz nachzurennen, während das Haus einstürzt. Wehe, wenn der Kopf zum Feind des Schwanzes wird ...»

Don Gildo

Um neun Uhr klärte sich der Himmel, der bis dahin ein zweideutiges und besorgniserregendes Verhalten an den Tag gelegt hatte, rasch auf, und die Sonne zeigte sich von ihrer besten Seite.

Ein solches Ereignis war in diesem unseligen Frühjahr ganz und gar ungewöhnlich und erfreute Don Camillo, der bereits seit einer Stunde in seinem Garten hackte.

Doch die Freude dauerte nicht lange, denn am Horizont erschien die Mutter des Mesners.

«Hochwürden», erklärte die alte Frau, «der Herr Kaplan ist angekommen.»

Don Camillo war auf den Schlag vorbereitet und steckte ihn daher mit scheinbarer Gelassenheit ein.

«Gut, laßt ihn herkommen», antwortete er und hackte weiter. Die Alte sah ihn verdattert an.

«Hochwürden», murmelte sie, «ich hab' ihn schon ins Wohnzimmer geführt.»

«Da ich jetzt nicht im Wohnzimmer bin, sondern im Garten, werdet Ihr ihn wohl oder übel in den Garten führen müssen.»

Die Alte ging weg, und kurz darauf betrat ein junger Geistlicher den Gemüsegarten und blieb hinter Don Camillo stehen.

«Guten Morgen, Hochwürden.»

Don Camillo hörte auf zu hacken, wandte sich um und trat auf den jungen Mitbruder zu, der sich vorstellte:

«Ich bin Don Gildo.»

«Sehr erfreut», erwiderte Don Camillo und schüttelte ihm mit seiner Pranke die Hand, als wolle er eine Boa constrictor erwürgen.

Der Kaplan wurde blaß. Er hatte jedoch eine gesunde sportliche Erziehung genossen, und so gelang es ihm trotzdem, sich ein Lächeln abzuringen.

«Ich habe einen Brief des Herrn Sekretärs Seiner Exzellenz», erklärte er und reichte Don Camillo einen großen Umschlag.

«Mit Verlaub», sagte Don Camillo, während er den Umschlag öffnete und das Blatt mit der Botschaft des Herrn Sekretärs Seiner Exzellenz herausholte.

Nachdem er das Sendschreiben gelesen hatte, wandte er sich an den jungen Geistlichen: «Ich hatte dem Herrn Sekretär gesagt, daß er sich nicht zu bemühen brauche. Obwohl ich ein armer alter Mann bin, würde ich mit der Pfarrei noch allein zurechtkommen. Da mir jedoch der Herr Sekretär auf ausdrücklichen Wunsch Seiner Exzellenz des Bischofs meine Mühen erleichtern will, bleibt mir nichts anderes übrig, als Sie willkommen zu heißen, Don Gildo.»

Der junge Geistliche verbeugte sich außerordentlich höflich: «Danke, Don Camillo. Ich stehe ganz zu Ihrer Verfügung.»

«Sehr freundlich. Ich werde gleich davon Gebrauch machen», erwiderte Don Camillo. Er ging zum Sauerkirschenbaum, holte eine Hacke, die an einem Zweig baumelte, herunter und drückte sie dem Kaplan in die Hand.

«Zu zweit schaffen wir es schneller», erklärte er.

Der junge Geistliche betrachtete die Hacke und hob dann den Blick zu Don Camillo.

«Eigentlich», stotterte er, «habe ich keine Praxis mit solchen Geräten ...»

«Machen Sie sich keine Sorgen. Sie stellen sich neben mich und tun genau das, was ich mache.»

Der Kaplan lief rot an. Es war ein junger Mann, der sensible Nerven und Würde besaß.

«Hochwürden», wandte er mit einem gewissen Unmut ein, «ich bin hierhergekommen, um für die Seelen zu sorgen, nicht für Gemüsegärten.»

«Natürlich», antwortete Don Camillo ruhig. «Aber Sie müssen sich klarmachen, daß man auch für den Gemüsegarten sorgen muß, wenn man Salat, Erbsen und Bohnen auf dem Tisch haben will.»

Don Camillo fing wieder an zu hacken. Der Kaplan blieb starrköpfig auf dem Weg stehen, die Hacke in der Hand.

«Sie wollen also diesem armen, alten, gebrechlichen Pfarrer partout nicht helfen?» fragte Don Camillo nach einer Weile, ohne den Kopf zu heben.

«Es ist nicht so, daß ich nicht helfen will», erklärte der Kaplan lebhaft. «Die Sache ist nur die, daß ich als Priester hierhergekommen bin.»

«Don Gildo, die erste Gabe eines guten Priesters ist die Demut», sagte Don Camillo.

Der Kaplan preßte die Zähne zusammen, stellte sich neben Don Camillo und fing an, die Hacke zu schwingen.

«Don Gildo», bemerkte Don Camillo nach einiger Zeit mit Sanftmut, «wenn ich etwas gesagt haben sollte, das Sie geärgert oder gekränkt hat, dann lassen Sie es lieber an mir aus und nicht an der Erde, die wirklich keine Schuld trifft.»

Der Kaplan fing an, etwas gemäßigter zu hacken.

Es dauerte zwei Stunden, bis der Garten fertig war. Und als die beiden bis zu den Knien voll Dreck ins Pfarrhaus traten, schlug es elf.

«Wir haben gerade noch Zeit, eine andere Kleinigkeit zu erledigen», sagte Don Camillo und ging auf die Tür des Schuppens zu.

Im Schuppen lagen Ulmenstämme zum Zersägen, und bis zum Mittagläuten mußte der Kaplan Don Camillo beim Brennholzmachen helfen.

Der junge Geistliche hatte in diesen drei Stunden soviel Ärger geschluckt, daß er den Magen davon voll hatte. Daher setzte er sich mit Widerwillen an den Tisch, und nachdem er die Gemüsesuppe gekostet hatte, legte er den Löffel gleich wieder hin.

«Denken Sie sich nichts, wenn Sie keinen Appetit haben», beruhigte ihn Don Camillo. «Das ist die Luftveränderung.»

Er selbst aß dagegen mit Riesenappetit, und erst nachdem er zwei kolossale Teller Gemüsesuppe mit Speck verschlungen hatte, nahm er den verbalen Kontakt mit dem Kaplan wieder auf.

«Gefällt Ihnen denn das Dorf?» fragte er.

Der Kaplan zuckte die Achseln: «Ich habe es noch kaum gesehen.»

«Es ist ein Dorf wie alle anderen auch, lieber Don Gildo. Mit guten Menschen und mit schlechten. Die Schwierigkeit liegt nur darin herauszufinden, welches die wirklich guten und welches die wirklich schlechten Menschen sind. Was die Politik angeht, will ich Ihnen sagen, daß die Roten hier einen großen Einfluß haben. Und das Schlimme ist, daß ihre Macht zunimmt anstatt abzunehmen. Man bemüht sich auf jede nur erdenkliche Weise, man versucht alles mögliche, aber es wird immer schlimmer.»

Der Kaplan lachte: «Das ist eine Frage der Methode.»

Don Camillo sah ihn neugierig an: «Hätten Sie vielleicht eine bessere?»

«Ich ziehe keine Vergleiche, Hochwürden, und ich behaupte nicht, ein Wundermittel gefunden zu haben. Ich sage nur, daß man die Situation mit anderen Augen betrachten muß. Oder besser: ohne die traditionellen Scheuklappen, die einen daran hindern, die sozialen Erfordernisse in Rechnung zu stellen. Warum haben die Kommunisten bei den weniger wohlhabenden Klassen soviel Erfolg? Weil sie den Armen versprechen: ‹Kommt zu uns, dann geht es euch gut, denn wir werden den Reichen etwas wegnehmen, um es den Armen zu geben. Die Pfarrer versprechen euch das Paradies im Himmel. Wir verschaffen euch den Wohlstand auf Erden.›»

Don Camillo breitete die Arme aus: «Ich verstehe, Don Gildo. Aber auf der anderen Seite dürfen wir nicht zu Materialisten werden.»

«Man braucht gar nicht zum Materialisten zu werden. Man darf nur einfach nicht den Eindruck erwecken, als wolle man den Wohlstand der Privilegierten verteidigen. Anstatt immer von Pflichten zu reden, muß man von Rechten sprechen. Wir sind uns doch einig: Wenn jeder seine Pflicht täte, blieben alle Rechte von selbst gewahrt. Aber wenn man will, daß die Reichen ihre Pflichten erfüllen, ist es notwendig, die Rechte der Armen zu betonen. Auf diese Weise kann man den Kommunismus seiner Rolle berauben.»

Don Camillo wiegte bedächtig den Kopf: «Ganz

recht. Man müßte also in Konkurrenz zu den Kommunisten treten und wenn nötig die sogenannte Legalität verletzen.»

«Genau. Wenn die Legalität dazu dient, die Privilegien der Ausbeuter zu verteidigen, ist sie nicht gerecht und widerspricht daher dem Geist der göttlichen Gebote.»

Don Camillo riß die Arme auseinander: «Sehen Sie, lieber Don Gildo, ich versuche zwar Ihren Ausführungen zu folgen, aber ich kann sie nicht einholen. Ich besitze nicht mehr die geistige Wendigkeit von früher. Sie müssen mir verzeihen!»

Der Kaplan war jung und von außergewöhnlicher geistiger Beweglichkeit. Er überschüttete den armen Don Camillo mit einer Lawine wunderschöner Worte, die prachtvolle Ideen zum Ausdruck brachten. Außerdem hatte er eine ganz bestimmte Mission zu erfüllen, und zum Schluß sagte er es frei heraus:

«Lieber Herr Pfarrer, wir wissen genau, was wir erreichen müssen, und wir werden es erreichen. Sie haben in diesem schwierigen Ort Großartiges geleistet, und jetzt haben Sie das Recht auf Beistand. Nicht nur, wenn Sie den Gemüsegarten hacken oder Holz sägen müssen!»

Don Camillo war tief beschämt: «Verzeihen Sie mir! Ich hatte ja keine Ahnung von Ihrer Bildung und Ihren Fähigkeiten.»

Der Kaplan hatte die Partie haushoch gewonnen. Noch am selben Abend knüpfte er die ersten Kontakte und errichtete die Basis für zukünftige Aktionen.

Als Don Camillo sah, wie sich die Dinge anließen, sagte er nach drei Tagen zu dem jungen Kaplan: «Sie sind gerade im rechten Moment gekommen, denn ich muß wirklich einmal richtig ausspannen. Wenn es Ihnen nichts ausmacht und keine zu große Belastung für Sie ist, sollten Sie mich eine Zeitlang völlig ersetzen. Diese scheußliche Jahreszeit macht mir schrecklich zu schaffen: Ich bräuchte Sonne, Trockenheit, und statt dessen regnet es seit Monaten.»

Das war genau das, was sich der Kaplan wünschte. Begeistert anwortete er, Don Camillo brauche sich überhaupt keine Sorgen zu machen. Er würde schon alles schaffen.

Und Don Camillo zog sich zurück.

Er ging nicht weit weg. Er übersiedelte in den oberen Stock und beschränkte sich auf die zwei großen Zimmer, die auf den Garten und den Sportplatz hinausgingen. Die alte Mutter des Mesners brachte ihm das Essen, und Don Camillo lebte völlig abgeschlossen.

Im Zimmer, das neben dem Schlafraum lag, hatte er seinen kleinen Feldaltar aufgebaut, und dort las er jeden Morgen die heilige Messe – ganz allein. Aber Gott war bei ihm.

Don Camillo hatte sich eine Kiste Bücher mit hinaufgenommen und verbrachte seine Zeit mit Lesen.

Nach vierzehn Tagen riet ihm die alte Frau, die bisher nie etwas gesagt hatte, ganz plötzlich:

«Don Camillo, kommt runter, sobald Ihr imstand dazu seid. Der Kaplan stellt eine Menge Unfug an.»

«Unfug? Mir kam er so ruhig vor.»

«Ruhig? Das ist doch kein Pfarrer, der ist eine ununterbrochene politische Versammlung. Einige Leute kommen schon nicht mehr in die Kirche.»

«Macht Euch keine Sorgen. Das ist eine neue Methode, und die Leute müssen sich daran gewöhnen.»

Aber die neue Methode schien offensichtlich bei niemandem Anklang zu finden, und eines Morgens umriß die Mutter des Mesners mit wenigen Worten die Situation:

«Hochwürden, wißt Ihr, was Peppone gestern gesagt hat? Er hat gesagt, wenn Don Gildo es endlich fertiggebracht hat, die Kirche ganz leer zu kriegen, dann wird er ihn als Parteikaplan anheuern.»

Und ein paar Tage später berichtete dieselbe alte Frau Don Camillo, was Filotti geantwortet hatte, als man ihn fragte, warum er nicht mehr zur Messe käme: «Da hör' ich mir lieber Peppone im Volkshaus an als Don Gildo in der Kirche. Peppone wirft mir wesentlich weniger Beleidigungen an den Kopf.»

Don Camillo hielt durch, solange er konnte. Aber nach vierzig Tagen riß ihm die Geduld, und vor dem Kruzifix des Feldaltars kniend, sagte er: «Jesus, ich habe demütig das Haupt gebeugt vor dem Willen der Oberen. Ich habe mich zurückgezogen, um Don Gildo völlige Handlungsfreiheit zu lassen. Jesus, du weißt, was ich in dieser ganzen Zeit gelitten habe! Vergib mir, aber heute geh' ich hinunter, packe diesen Don Gildo am Kragen und schick' ihn als Postpaket in die Stadt zurück!»

Es war acht Uhr morgens.

Don Camillo wollte in vollkommenem Zustand unten erscheinen und beschloß daher, sich zu rasieren.

Als er die Fensterläden aufstieß, sah er, daß es ein strahlender Tag war. Er blieb am Fenster stehen, um das Sonnenlicht und den Frieden zu genießen. Aber ein paar Minuten später hörte er lautes Krakeelen. Er zog sich etwas zurück und sah die Mannschaft der «Gagliarda» zum Training auf den Sportplatz rennen.

Don Camillo vergaß seinen Bart und bewunderte seine Jungen, die leider ganz und gar nicht bei der Sache waren und kein anständiges Spiel zusammenbrachten.

«Wenn sie so gegen Peppones Mannschaft spielen, dann wird das eine Riesenblamage für uns», dachte Don Camillo besorgt.

Genau in dem Moment erschien Don Gildo auf dem Sportplatz. Brüllend unterbrach er das Spiel, versammelte die Jungen und redete lebhaft auf sie ein.

«Jetzt will er mir auch noch die Fußballmannschaft kaputtmachen», knurrte Don Camillo. «Wenn er da nicht sofort verschwindet, geh' ich runter und mach' Kleinholz aus ihm!»

Aber der Kaplan zeigte nicht die leiseste Absicht zu verschwinden. Im Gegenteil, er übernahm die Rolle des Mittelstürmers, und als er erst einmal den Ball zwischen den Füßen hatte, legte er ein Spiel hin, daß es einem den Atem verschlug.

Daraufhin verlor Don Camillo die Beherrschung. Er ging nicht hinunter, er flog.

Am Sportplatz angekommen, packte er Don Gildo im Fluge und schleifte ihn ins Pfarrhaus.

«Jetzt», gebot er ihm, «legen Sie die Soutane ab, ziehen sich Trikot und Schuhe an und machen sofort mit dem Training weiter!»

«Aber», stammelte der Kaplan, «wie soll ich denn ...»

«Spielen Sie mit langen Hosen, mit falschem Bart, mit einer Maske – aber spielen Sie! Sie müssen mir die Mannschaft auf Trab bringen!»

«Aber meine Mission hier ...»

«Das ist Ihre Mission! Sie machen, daß meine Mannschaft gewinnt, und wir haben den Roten einen tödlichen Schlag versetzt!»

Die «Gagliarda» überrollte die «Dynamos». Sie spielte sie in Grund und Boden. Und während Peppone und Genossen völlig gebrochen erschienen, platzten die anderen vor Zufriedenheit aus allen Nähten.

Am Abend spendierte Don Camillo dem Kaplan ein Festmahl.

«Sie», sagte er zum Schluß, «vergessen jetzt die sozialen Erfordernisse und kümmern sich ausschließlich um die Fußballmannschaft. Alles andere geht Sie nichts an. Die kommunistische Gefahr übernehme ich!»

Bauchlandung

Auch in diesem Jahr kamen die Schausteller Mitte Mai zur Kirmes, aber diesmal durften sie nicht auf die Piazza, denn die wurde für die lokale Politik benötigt. Es brodelte in der ganzen Gegend, und das Programm der Agitatoren umfaßte eine lange Reihe wichtiger Versammlungen.

Die Schausteller mußten sich also mit der Wiese begnügen, auf der sonst der Viehmarkt abgehalten wurde. Ein wenig günstiger Ort, abgelegen, neben der Straße, die nach Molinetto führt.

Zum Ausgleich dafür hatten sie zwei absolute Neuheiten mitgebracht: eine riesige Skooterbahn und das Flugkarussell.

Das Flugkarussell war eine große Maschine aus Stahlrohren, die wie ein Schirmgestell angeordnet waren. Am Ende jeder Stange war ein Flugzeug angebracht, und wenn sich das Karussell drehte, konnte jeder sein Flugzeug mit Hilfe eines Hebels nach Belieben auf- und niedersteigen lassen.

Die Wiese, auf der die Schausteller ihre Buden aufgeschlagen hatten, lag hinter dem Pfarrhaus, etwa drei- bis vierhundert Meter entfernt, und jeden Abend, wenn Don Camillo in seinem Schlafzimmer im ersten Stock ans Fenster ging, um die Läden zu schließen, konnte er das Flugkarussell in Aktion sehen. Und er blieb ganze halbe Stunden stehen, um das Schauspiel zu bewundern.

Es ist ja wirklich nichts Ehrenrühriges oder Sündhaftes dabei, in ein Karussell zu steigen. Trotzdem darf sich ein Pfarrer ein solch legitimes Vergnügen nicht gönnen: Die Leute sehen es, und da sie zwar Augen, aber kein Hirn im Kopf haben, lachen sie, wenn sie entdecken, daß sich ein Pfarrer beim Karussellfahren amüsiert.

Don Camillo wußte das alles, und er bedauerte es sehr.

Natürlich machten die Riesenskooterbahn und das Flugkarussell am meisten Geschäfte. Das ging so weit, daß sie jeden Abend noch lang weiterfuhren, wenn die anderen Schausteller ihren Laden aus Mangel an Kundschaft bereits dichtgemacht hatten. Und selbst wenn die Skooterbahn ihre Lichter löschte, drehte sich das Flugkarussell immer noch eine ganze Weile.

Don Camillo war ein aufmerksamer Beobachter, und diese Tatsache entging ihm nicht. Und so ging er eines Tages hinunter, als er sah, daß die Skooterbahn zumachte, überquerte mit ruhigem und gleichgültigem Schritt das Luzernefeld, das sich hinter dem Pfarrhaus ausdehnte, und erreichte die Hecke entlang der Straße nach Molinetto. Hinter ihr bezog er Posten.

Auf der anderen Straßenseite lag der Platz mit dem Jahrmarkt. Die Schaubuden hatten ihre Lichter gelöscht und schliefen bereits in der Dunkelheit, während sich der Schirm des Flugkarussells immer noch im Mittelpunkt einer kleinen Lichtinsel drehte.

Don Camillos Plan war ganz einfach: Sobald die letzte Gruppe von Flugbegeisterten gelandet und heimgegangen wäre, würde er hinter der Hecke hervortreten, zum Karussellbesitzer gehen und ihn bitten, ihn eine Runde drehen zu lassen.

Don Camillo mußte nicht lange warten: Das Karussell hielt, die allerletzte Gruppe sprang aus den Flugzeugen, schwang sich auf die Motorroller und verlor sich lärmend in der Nacht.

Nun sprang Don Camillo über den Graben und schritt entschlossen auf sein Ziel zu.

Der Karussellbesitzer war in seine Bude gegangen und zählte die Einnahmen. Als er plötzlich eine große schwarze Masse vor sich sah, fuhr er erschrocken zusammen.

«Haben Sie noch nie einen Pfarrer gesehen?» fragte ihn Don Camillo.

«Doch, Hochwürden, aber nie nach Mitternacht. Kann ich etwas für Sie tun?»

Don Camillo zeigte aufs Pfarrhaus: «Ich schlafe da drüben, und Sie können sich gar nicht vorstellen, wie mir Ihre verdammte Musik auf die Nerven geht.»

«Das tut mir leid, Hochwürden», erwiderte der Karussellbesitzer. «Auf der anderen Seite wird jedes Karussell sterbenslangweilig, wenn es ohne Musik fährt. Ich versuche sowieso schon, am späteren Abend die Lautstärke zu drosseln, aber von einer gewissen Zeit an wird auch die leiseste Musik zum Lärm.»

«In Ordnung», erwiderte Don Camillo. «Doch wenn Sie mir jeden Abend soviel Ärger machen, dann sollten Sie sich verpflichtet fühlen, mir auch einmal einen Gefallen zu erweisen.»

«Gern, Hochwürden. Ich stehe zu Ihrer Verfügung.»

«Gut, dann lassen Sie mich doch mal eine Runde in Ihrem Karussell drehen. Schnell, beeilen Sie sich!»

Der Karussellbesitzer machte ein ehrlich betrübtes Gesicht: «Hochwürden, Sie müssen leider noch ein paar

Minuten Geduld haben. Gleich kommt eine Gruppe, die ein paar Runden vorbestellt hat. Da ist sie schon!»

Don Camillo machte kehrt, um die Flucht zu ergreifen, aber da war es schon zu spät. Die Gruppe stand bereits hinter ihm, an ihrer Spitze Peppone.

«Oh, unser über alles geliebter Herr Pfarrer!» rief Peppone.

«Erklärt Ihr vielleicht dem Karussellbesitzer, daß auch das Fahren mit dem Flugkarussell eine Todsünde ist?»

«Ich habe ihm lediglich erklärt, daß die Musik seines Karussells anständige Menschen am Schlafen hindert.»

«Dann ist es ja nicht so schlimm», sagte Peppone grinsend.

«Ich dachte schon, die Musik ließe auch Euch nicht schlafen.»

Smilzo, Bigio, Brusco, Lungo und Fulmine, die ganze Horde also, hatten Don Camillo gar nicht beachtet, sondern jeder flegelte sich bereits vergnügt in seinem Flugzeug.

«Und Sie, Herr Bürgermeister, was machen Sie Schönes hier?» erkundigte sich Don Camillo. «Lassen Sie Ihre süßen Kleinen karussellfahren?»

«Chef, beeil dich!» rief der Smilzo.

«Gehen Sie, gehen Sie, Herr Bürgermeister», mahnte ihn lächelnd Don Camillo. «Die Kinder rufen Sie. Wie hübsch es doch sein muß, einen so dicken Bürgermeister in einem so kleinen Flugzeug fliegen zu sehen!»

Peppone sah ihn erbittert an: «Jedenfalls lang nicht so hübsch wie einen so dicken Pfarrer!»

«Die Sache ist nur, daß ich zwar den Bürgermeister fliegen sehen werde, Sie aber nicht den Pfarrer.»

«Dann viel Vergnügen, Hochwürden!» brüllte Peppone und ging zum Karussell. «Und morgen schreiben Sie dann einen schönen Hetzartikel für Ihre Wandzeitung.»

Peppone zwängte sich ebenfalls in ein kleines Flugzeug, und der Karussellbesitzer trat zu dem Schalthebel, der sich in der Kassenbude befand.

«Viel Vergnügen, Hochwürden!» wiederholte Peppone. «Erzählen Sie Ihren Marienkindern, daß die kommunistische Verwaltung in nächtlichen Ausschweifungen die Gelder der Steuerzahler verpraßt!»

Das Karussell setzte sich in Bewegung, und aus dem Lautsprecher ertönte in gemäßigter Lautstärke eine fröhliche Marschmusik. «Volles Rohr!» brüllte Peppone, als er an der Kassenbude vorbeiflog, «damit der Herr Pfarrer sein Schlaflied bekommt!»

«Halt den Mund, du Halunke!» schrie jemand in seinem Rücken. Peppone wandte sich um und sah, daß im Flugzeug hinter ihm Don Camillo saß.

Inzwischen drehte sich das Karussell auf vollen Touren, und ein paar Minuten lang machte die Sache allen richtig Spaß.

Dann empfand Don Camillo, vor allem aufgrund der kühlen und feuchten Abendluft, ein leichtes Unbehagen.

«Sag dem Mann, er soll einen Moment langsamer machen», schrie Don Camillo Peppone zu.

Peppone drückte auf seinen Hebel, und sein Flugzeug senkte sich. Als es an der Kassenbude vorbeiflog, wollte er etwas rufen, aber es gelang ihm nicht.

«Und? Was ist?» brüllte Don Camillo.

Peppone drehte sich um und rief irgend etwas Unverständliches, wobei er auf die Bude deutete.

Daraufhin reduzierte auch Don Camillo seine Flughöhe, und als er an der Kassenbude vorbeiflog, sah er, was kurz vor ihm Peppone gesehen hatte: drei junge Männer, jeder das Gesicht bis zu den Augen mit einem Tuch verhüllt und mit einer Pistole in der Hand.

Der Karussellbesitzer stand mit dem Gesicht zur Wand und hatte die Hände hochgehoben, und die drei Burschen drückten ihm ihre Pistolenläufe in den Rükken. Ein vierter Maskierter wühlte in der Kassenschublade und stopfte die Geldscheine in eine Tasche.

Das Flugkarussell drehte sich dabei immer weiter auf vollen Touren, mit Musikbegleitung.

Die Beute aus der Kassenschublade hatte die Ganoven nicht überzeugt, und zwei von ihnen begleiteten den Karussellbesitzer in seinen Wohnwagen, um den Rest der Einnahmen aufzustöbern. Kurz darauf kamen sie wieder zurück und ließen ihre Wut an dem armen Kerl aus.

«Das hat doch keinen Zweck!» protestierte der Mann. «Alles übrige Geld hab' ich auf die Bank gebracht. Schaut im Geldbeutel nach, dann findet ihr die Quittung!»

Sie fanden die Quittung und zerrissen sie wutentbrannt. Inzwischen drehte sich das Karussell immer weiter. «Anhalten, ihr verdammten Kerle!» brüllte Smilzo, als er an den Banditen vorbeiflog.

Einer der Maskierten drehte sich um und fuchtelte drohend mit der Pistole. Daraufhin zogen alle Männer der Flugstaffel verzweifelt an ihrem Hebel, und die Karussellarme hoben sich.

Jetzt sah das Flugkarussell aus wie ein Schirm, den der Wind umgestülpt hat.

Die vier Burschen waren wütend über die geringe Beute, aber ihr Anführer zeigte sich als Mann von Ideen: «Rupfen wir die sieben Amseln da oben», sagte er.

Er schaute hinauf und schrie: «Alles Geld raus, das ihr in der Tasche habt, sonst lassen wir euch fliegen, bis euch das Hirn bei den Ohren rauskommt!»

«Geh zum Teufel!» rief Peppone als Antwort zurück.

Der Bandenchef erteilte seinem Stellvertreter einen Befehl, der trat in die Bude und packte den Hebel:

Das Karussell erhöhte seine Geschwindigkeit.

Die Flugstaffel fing an zu brüllen, aber der Vizebandenchef drehte den Lautsprecher voll auf, und die Musik übertönte die Schreie. Nach einem halben Dutzend Runden gab der Chef ein Zeichen, und der Vizechef brachte die Geschwindigkeit wieder auf den vorigen Stand zurück, ja sogar noch etwas darunter.

«Jeder knüpft sein Geld ins Taschentuch, und wenn er an der Bude vorbeifliegt, wirft er das Bündel hinein. Dreißig Sekunden Zeit!»

Als die halbe Minute vorbei war, gab der Chef den Befehl: «Der Schwarze da fängt an – los, Abwurf!»

Don Camillo warf als erster sein Bündel in die Bude. Die anderen folgten ihm. Der Anführer sammelte die Säckchen ein, knüpfte sie auf und überschlug die Summe.

«Zu wenig!» schrie er. «Werft die Geldbeutel mit dem Rest herunter, oder ich bring euch wieder auf Touren! Fünf Sekunden Zeit ... Der Schwarze da fängt wieder an! Abwurf!»

Sieben Geldbeutel flogen dem Bandenchef vor die Füße; sie wurden ausgeleert und in eine Ecke der Bude geworfen.

Der Anführer wandte sich an den Karussellbesitzer:

«Du hältst das Karussell erst an, wenn wir fünfzehn Minuten weg sind. Versuch ja nicht, uns reinzulegen: Wir kennen dich, und es könnte passieren, daß wir dir eines Nachts den Wohnwagen mit Benzin vollgießen und dich grillen!» Die vier rannten zu dem Auto, das an der Straße stand, und fuhren blitzschnell davon.

«Anhalten, verdammt nochmal!» brüllte die Flugstaffel dem Karussellbesitzer zu. Aber der Unglücksmensch war völlig verängstigt und stoppte die Maschine erst, als die fünfzehn Minuten vorbei waren. Das Karussell stand, und der Schirm schloß sich langsam.

Die sieben der Flugstaffel blieben zwanzig Minuten unbeweglich in ihren Flugzeugen hocken, bis sie genügend Kraft gesammelt hatten, um überhaupt aufstehen zu können. Schließlich fanden sich alle sieben zusammen mit dem Karussellbesitzer in der Kassenbude. Sie sammelten ihre leeren Geldbeutel wieder ein.

Keiner hatte bis zu diesem Augenblick etwas gesagt.

Als erster redete Peppone.

Er packte den Karussellbesitzer vorn an der Jacke: «Wenn du auch nur ein Wort von dem erzählst, was heut nacht hier passiert ist, dann schlag ich dir nicht nur den Schädel ein, sondern laß dich auch nicht mehr arbeiten, weder hier noch in irgendeiner anderen Gemeinde, in der wir das Sagen haben.»

«Und ich in keiner, in der *wir* das Sagen haben», setzte Don Camillo hinzu. Alle sieben nahmen den Weg über die Felder und trennten sich hinter dem Pfarrhaus.

«Alles in allem, Herr Bürgermeister, hatten wir doch einen schönen Abend», sagte Don Camillo.

Peppone antwortete ihm mit einem gebrüllten Fluch, der weithin durch die samtene Nacht hallte.

Wissenschaft und Leben

Der Notar kam von weit her und war ein Mann von wenigen Worten. Als er sah, daß Peppone zögerte und um den Brei herumzureden versuchte, schnitt er ihm das Wort ab:

«Herr Bürgermeister», sagte er, «hier geht es nur um ja oder nein. Ich bin kein Makler, sondern ein Testamentsvollstrecker.»

«Was das Anwesen betrifft, so kann ich Ihnen sofort antworten, daß wir annehmen», beteuerte Peppone. «Doch wegen des Denkmals muß ich zuerst den Gemeinderat und die Bürgerschaft hören.»

Der Notar steckte seinen Akt wieder in die Tasche.

«Sie haben vierzehn Tage Zeit für die Entscheidung», sagte er abschließend. «Bitte halten Sie sich vor Augen, daß es keine Möglichkeit für einen Kompromiß gibt: Entweder alles oder nichts. Das ist der ausdrückliche Wunsch des Verstorbenen.»

«Wir lassen uns nichts vorschreiben, weder von Lebenden noch von Verstorbenen!» erklärte Peppone stolz.

Da die Angelegenheit jedoch ziemlich wichtig war, mußte Peppone sie, nachdem er privatim mit seinem Stab darüber diskutiert hatte, vor den Gemeinderat bringen.

«Unser Mitbürger Luigi Lollini ist in Turin, wo er seit dreißig Jahren lebte, gestorben. Er hat in seinem Testament festgelegt, daß er bereit sei, dem Altersheim das Anwesen Pioppazza zu vermachen, wenn wir dafür der Statue seines Vaters die Mitte unserer Piazza zum ewigen Gebrauch überließen. Mir scheint, man kann ihm antworten, daß das Altersheim zwar Unterstützung bräuchte, die Piazza aber deswegen noch lange kein Friedhof sei.»

Piletti, der einzige Vertreter der Opposition, sprang entrüstet auf: «Herr Bürgermeister, der Mann, den Sie als ‹Vater des Mitbürgers Luigi Lollini› bezeichnen, heißt Anselmo Lollini und ist in der ganzen Welt als Gelehrter von höchstem Rang bekannt. Wenn Sie das nicht wissen, dann informieren Sie sich gefälligst!»

«Ich brauche mich nicht zu informieren», erwiderte Peppone. «Ich weiß, wer Anselmo Lollini war und daß er nichts geleistet hat, was ihm das Recht gäbe, ein Denkmal auf dem Hauptplatz des Dorfes zu bekommen. Die Piazza ist der Tempel des arbeitenden Volkes, und wir wollen dort keine Statuen falscher Götter.

«Bravo!» rief die Mehrheit begeistert.

Aber die Opposition ließ sich nicht einschüchtern.

«Anselmo Lollini war kein politischer Hanswurst, sondern ein Wissenschaftler!» schrie Piletti. «Sein Name und seine Forschungen werden in allen bedeutenden entomologischen Abhandlungen erwähnt.»

Peppone schüttelte lächelnd den Kopf: «Die Entomologie ist keine Wissenschaft, sondern ein Zeitvertreib für feine Herren.»

«Reden Sie kein dummes Zeug, Herr Bürgermeister!» brüllte die Opposition. «Die Tatsache, daß Sie nicht wissen, was Entomologie ist, gibt Ihnen noch lang kein Recht, sie zu verachten.»

Aber Peppone hatte sich vorbereitet, und seine Antwort kam prompt:

«Die Reaktion sollte sich keine Witze über unsere drei Klassen Volksschule erlauben. Denn wenn wir uns in diesen drei Klassen auch nicht mit Entomologie beschäftigt haben, so können wir der Reaktion doch antworten, daß das arbeitende Volk auf alle die pfeift, die hinter den Schmetterlingen herjagen. Die Vertreter der wahren Wissenschaft und der wahren Bildung jagen heute den sozialen Problemen nach!»

Die Opposition konnte darauf nichts mehr sagen und mußte mit eingezogenem Schwanz nach Hause gehen. Aber Peppone machte sich keine Illusionen.

Die Entomologie oder Insektenkunde erfreut sich keiner besonderen Popularität, und es läßt sich immer über den effektiven Wert eines Entomologen diskutieren wie auch darüber, ob es mehr oder weniger opportun ist, einem Entomologen auf einem öffentlichen Platz ein Denkmal zu errichten.

Doch über den effektiven Wert von Grund und Boden gibt es wenig zu diskutieren, ebensowenig darüber, ob es mehr oder weniger opportun ist, auf ein Anwesen von vierzig tadellos in Schuß gehaltenen Hektar, wie das für Pioppazza zutraf, zu verzichten. Ein Anwesen dieser Art stellte ein Kapital von mindestens siebzig Millionen dar, und was der Verlust einer sicheren Rendite von vierzig Hektar erstklassigen Bodens für das Altersheim bedeuten würde, war etwas, das alle verstehen konnten.

Um so mehr, als die Gemeinde keine Lira für das Denkmal hätte ausgeben müssen, denn das Monument, bestehend aus einer soliden Bronzestatue und einem soliden Marmorsockel, war bereits fix und fertig – das Werk eines bekannten Bildhauers. Und wenn die Gemeinde den Vorschlag annahm, würden sich die Testamentsvollstrecker des verstorbenen Luigi Lollini auch noch um die Aufstellung auf der Piazza kümmern.

Der erste Schlag der Reaktion war kühn. In aller Eile wurde ein «Komitee für die Ehrung Anselmo Lollinis» gegründet, unter der Präsidentschaft einer gewichtigen Persönlichkeit des Ortes.

Bevor die Liste abgeschlossen und der Plakatentwurf in die Druckerei gegeben wurde, hielten es die Mitglieder des Komitees natürlich für ihre Pflicht, einen angesehenen Vertreter zum Bürgermeister zu schicken.

Der angesehene Vertreter ließ sich vom Bürgermeister empfangen und sagte:

«Auf Initiative von Bürgern guten Willens wurde ein Komitee für die Ehrung unseres Mitbürgers, des großen Entomologen Anselmo Lollini, 1830–1918, gegründet. Diesem Komitee sind bedeutende Persönlichkeiten beigetreten. Wir sind sicher, daß der Herr Bürgermeister als aufmerksamer Wächter unseres heimatlichen Ruhms einer der unseren sein wird.»

«Niemals!» erwiderte Peppone angewidert.

Der angesehene Vertreter des Komitees schien von der unerwarteten Antwort des Bürgermeisters im tiefsten getroffen.

«Ich vermag den genauen Sinn Ihrer Antwort nicht zu erfassen», stammelte der angesehene Vertreter. «Entweder haben Sie sich nicht deutlich ausgedrückt, oder ich habe nicht recht verstanden.»

«Ich habe mich sehr deutlich ausgedrückt, und Sie haben mich tadellos verstanden, Hochwürden», erwiderte Peppone. «Ich schließe mich keinen klerikalen Machenschaften an!»

Don Camillo lächelte: «Einen hervorragenden Mitbürger zu ehren, ist keine Machenschaft, Herr Bürgermeister. Und wenn meine Person das Komitee der wertvollen Mitgliedschaft des ersten Bürgers berauben sollte, bin ich bereit, mich zurückzuziehen.»

«Seien Sie ohne Sorge, Hochwürden», rief Peppone drohend, «wir werden Sie schon im richtigen Moment von uns aus zurückziehen!»

«Die Zukunft liegt in Gottes Händen, nicht in denen des Bürgermeisters», antwortete Don Camillo. «In den Händen des Bürgermeisters liegt dagegen der Erfolg der edlen Initiative des Komitees, das ich hier vertrete.»

Peppone konnte sich nicht mehr beherrschen und öffnete die Sicherheitsventile: «Merkt Euch das ein für allemal: Wenn Ihr den Mut habt, die Statue dieses Käferjägers auf die Piazza zu stellen, dann laß ich sie nicht nur entfernen und in den Fluß schmeißen, sondern ich zeige Euch auch noch wegen widerrechtlicher Besetzung öffentlichen Grund und Bodens an! Die Piazza gehört dem Volk und darf nicht der klerikalen Reaktion für ihre politischen Interessen dienen!»

Jetzt hatte auch Don Camillo keine Lust mehr zu scherzen. Im Regal neben Peppones Schreibtisch waren zwei ganze Fächer von einer Reihe dicker Bände ausgefüllt. Don Camillo zog den heraus, auf dessen Rücken in Gold der Buchstabe ‹L› prangte, blätterte rasch darin, und als er gefunden hatte, was er suchte, legte er den aufgeschlagenen Band vor Peppone hin und sagte:

«Da, lies: *Lollini Anselmo ...*».

Peppone schlug das große Buch heftig zu.

«Schon gelesen», rief er. «Ich kenn' den ganzen Käse schon auswendig, der da über *Euren* verdammten Lollini steht.»

«Der Ruhm der Heimat ist der Stolz aller Bürger und ihr gemeinsames geistiges Gut. Wenn du diese elementaren Dinge nicht begreifst, dann reich deinen Rücktritt ein – als Bürgermeister wie als Bürger.»

«Ich reiche meinen Rücktritt als Bürgermeister ein, sobald Ihr als Pfarrer zurücktretet! Wenn Anselmo Lollini das Gut aller ist, dann überlassen wir Euch gern unseren Teil. Wenn Ihr ihn als Denkmal verewigen wollt, dann verewigt ihn doch auf dem Kirchplatz!»

Don Camillo sah Peppone mit ehrlichem Erstaunen an.

«Das sind die Argumente eines Verrückten», sagte er schließlich. «Ob dir die Entomologen mehr oder weniger sympathisch sind, ist deine Sache. Aber daß du aus reinem Eigensinn das Altersheim um eine Hinterlassenschaft von siebzig Millionen Lire bringen willst, das geht mir nicht in den Kopf.»

Peppone schlug wütend mit der Faust auf die Schreibtischplatte: «Hochwürden», brüllte er, «wir kennen uns seit geraumer Zeit, und wir verstehen uns ganz genau!»

Don Camillo zuckte die Achseln: «Herr Bürgermeister, wir sind vom Thema abgekommen. Ich kam hierher, um Sie zu fragen, ob Sie die Absicht haben, dem Komitee für die Ehrung Anselmo Lollinis beizutreten oder nicht.»

«Nein!» antwortete Peppone wild.

Don Camillo kehrte ins Pfarrhaus zurück, um dem Komitee, das dort auf ihn wartete, Bericht zu erstatten.

«Na, wie steht's», fragte Piletti begierig.

«Er nimmt nicht an», erklärte Don Camillo.

Die Versammlung brach in einen Freudenschrei aus.

«Diesmal sind sie geliefert!» rief Piletti aufgeregt. «Das ist ein dicker Hund: ‹Nur um einen berühmten Wissenschaftler unseres Orts nicht ehren zu müssen, dessen einziges Unrecht darin bestand, daß er der Bürgerlichen Klasse und nicht dem Proletariat angehört hat, schlägt die kommunistische Verwaltung eine Hinterlassenschaft von siebzig Millionen zugunsten des Altersheims aus!› Damit haben wir ein unglaubliches Argument. Mit Ausnahme der vier oder fünf Wirrköpfe seines Stabs wird Peppone auch seine eigenen Leute gegen sich haben.»

Das Komitee arbeitete sofort den Plan für die Aktion aus.

«Als erstes», erklärte Piletti, «wird das Plakat des Komitees für die Ehrung Lollinis veröffentlicht, mit den Namen aller, die sich der Initiative angeschlossen haben. Die Tatsache, daß der Name des Bürgermeisters fehlt, wird mir Gelegenheit geben, im Gemeinderat öffentlich eine Erklärung zu verlangen. Auf der Grundlage dieser Erklärung werden wir unverzüglich handeln und einen Riesenskandal daraus machen, der die Roten zwingt, entweder das, was sie gesagt haben, zurückzunehmen oder ihren Rücktritt einzureichen. Diesmal kommt er nicht damit davon, daß er die ganze Angelegenheit ins Politische dreht!»

Die Versammlung arbeitete intensiv bis spät in den Abend, und als das Plakat des Komitees fix und fertig war, wurde ein Vertrauensmann zu Barchini, dem Drukker, geschickt mit dem Auftrag, das Original sofort in die Setzerei zu geben.

Piletti und Don Camillo hielten im Pfarrhaus Wache.

Gegen Mitternacht kam der Bürstenabzug des Plakats. Don Camillo setzte sich die Brille auf und begann langsam und laut die Korrektur zu lesen, während Piletti aufmerksam zuhörte, die Augen auf das Original geheftet.

Barchini hatte gewissenhaft gearbeitet, und Don Camillo konnte dem Boten aus der Druckerei, der inzwischen auf dem Sofa in der Diele ein bißchen geschlafen hatte, den korrigierten Abzug rasch wieder mitgeben.

«Sag Barchini, daß er in Höchstgeschwindigkeit drukken soll», trug Piletti dem Burschen auf. «Morgen früh um sechs kommt die Anschlägerkolonne, um die Plakate abzuholen.»

Piletti und die anderen Mitglieder des Komitees gingen um acht aus dem Haus, um das Schauspiel zu genießen. Die Plakatankleber hatten großartige Arbeit geleistet. Trotzdem sah Don Camillo gegen halb neun Piletti und die anderen ausgesprochen bedrückt ins Pfarrhaus kommen.

Ohne etwas zu sagen, legte Piletti Don Camillo ein Exemplar des Plakats vor, und das erste, was Don Camillo in die Augen sprang, war der Name des Bürgermeisters, ziemlich oben in der Liste der Komitee-Mitglieder.

Don Camillo sah Piletti verblüfft an, und Piletti hob betrübt die Arme.

«Es ist so, Hochwürden», sagte er. «Ich war bereits bei Barchini, um den Bürstenabzug mit dem Original zu vergleichen: beide sind verschwunden. Barchini war, nachdem er das Plakat gesetzt hatte, zu Bett gegangen.

Er kann sich nicht mehr erinnern, ob der Name des Bürgermeisters draufstand oder nicht.»

«Dafür haben *wir* gesehen, daß der Name nicht auf dem Abzug stand!» rief Don Camillo.

«Es hat keinen Sinn, daraus einen Streitfall zu machen», schloß Piletti. «Was zählt, ist nur, daß der Name des Bürgermeisters auf dem Plakat steht. Wir können Barchini und seine Arbeiter schließlich nicht durch die Mangel drehen, um herauszukriegen, wie sich dieses Phänomen erklären läßt.»

Die Mitglieder des Komitees verließen niedergeschlagen den Pfarrhof, und Don Camillo ging in die Kirche, um sich beim Gekreuzigten am Hochaltar auszusprechen: «Jesus», sagte er, «meiner Meinung nach hat Peppone noch einmal darüber nachgedacht und sich dann auf die Lauer gelegt. Als er sah, wie der Bote mit dem Korrekturabzug in die Druckerei zurückging, hat er ihn abgefangen, seinen Namen dazugesetzt und dem Burschen gedroht, daß er ihm den Schädel einschlägt, wenn er etwas sagt und nicht Abzug und Original verschwinden läßt. Denn als ich den Abzug korrigiert habe, stand Peppones Name nicht auf der Liste!»

«Bist du da ganz sicher, Don Camillo?» fragte Christus.

«Ehrlich gesagt, ich war gestern abend sehr müde», gab Don Camillo offen zu. «Unter solchen Umständen kann man auch mal was übersehen. Auf alle Fälle ist es besser so: Lollini wird zu Ehren kommen, und das Altersheim wird eine große Wohltat erhalten statt einen großen Verlust zu erleiden. Ganz abgesehen von den verschiedenen Wohltaten, die dem ganzen Dorf zugute kommen werden.»

Das Denkmal für Anselmo Lollini (1830–1918), bedeutender Entomologe, wurde an einem schönen Aprilsonntag feierlich eingeweiht.

Tatsächlich handelte es sich um eine ausgezeichnete Skulptur, und der ernste Herr in Bronze auf seinem marmornen Sockel entbehrte nicht eines gewissen Charmes.

«Jetzt, da das Denkmal dasteht», meinte Don Camillo am Schluß der Feier zu Peppone, «merkt man erst, wie leer die Piazza vorher war. Es hat ihr etwas gefehlt. Finden Sie nicht auch, Herr Bürgermeister?»

«Das muß man später sehen», erwiderte Peppone.

Die Tage und die Wochen vergingen, und es kam das große Juni-Fest der Kommunisten.

Genauer gesagt: Es kam der Vorabend des Festes, und an eben jenem Samstagabend ging Don Camillo, nachdem er lange den bronzenen Anselmo Lollini betrachtet hatte, der oben auf seinem Sockel inmitten der leeren und verlassenen Piazza thronte, besonders zufrieden ins Bett.

Am nächsten Morgen stand er in glänzender Laune auf, und nachdem er die erste Messe gelesen hatte, konnte er dem Verlangen nicht widerstehen, die paar Schritte bis zur Piazza zu gehen.

Nachdem er die paar Schritte gegangen war, blieb er wie angewurzelt stehen, als sei er plötzlich zu einem Betonpfarrer erstarrt.

Wie schon seit Jahren bei diesem Fest erhob sich auf der Piazza ein großes Festzelt. Und wie man aus den Plakaten erfuhr, hatten die Jugendgruppen der Peppone-Bande wie in den vergangenen Jahren wieder eine «volkstümliche Tanzunterhaltung» organisiert.

Das große Festzelt ragte majestätisch auf der Piazza, in deren Mitte bis zum Abend vorher der berühmte Entomologe Anselmo Lollini unangefochten dominiert hatte.

Don Camillo schüttelte seine Verblüffung ab, und die ersten Augen, mit denen sich sein Blick kreuzte, waren die Peppones.

«Seid ihr übergeschnappt?» rief Don Camillo entrüstet.

«Dadurch, daß ihr die Statue von ihrem Platz entfernt habt, um euer verdammtes Sündenzelt mit allem Drum und Dran aufzubauen, habt ihr gegen die Verpflichtung verstoßen, die ihr Lollinis Erben gegenüber eingegangen seid!»

«Wieso denn, Hochwürden?» antwortete Peppone. «Die Verpflichtungen sind heilig und bindend. Da wir Herrn Anselmo Lollini also nicht wegschicken konnten, haben wir ihn zum Fest eingeladen!»

Don Camillo trat zum Zelt, um durch einen Schlitz in der Seitenwand zu spähen, und genau zwischen den beiden Mittelsäulen, die das große Leinwanddach stützten, stand der bronzene Entomologe würdevoll auf seinem Marmorsockel.

«Heute wird sich der Herr Lollini bestimmt amüsieren», rief Peppone. «Gute Musik und gute Gesellschaft!» Don Camillo zog sich entsetzt zurück.

«Ein solcher Narrenstreich wird die ganze Welt zum Lachen bringen!» rief er.

«Macht nichts! Hauptsache, daß dem das Lachen vergeht, der uns mit Hilfe des Denkmals daran hindern wollte, unser Volksfest auf der Piazza zu feiern!»

Und in der Tat: Don Camillo lachte nicht.

Landschaft mit Frauenfigur

Eines Morgens kam ein junger Mann geradelt, hielt auf dem Vorplatz der Kirche an und schaute sich um, als suche er etwas. Plötzlich schien er es gefunden zu haben, lehnte sein Fahrrad an eine dicke Säule und machte sich an dem dicken Bündel auf dem Gepäckträger zu schaffen.

Er zog einen Klappstuhl heraus, eine Staffelei, einen Kasten mit Farben, eine Palette, und wenige Minuten später war er bereits an der Arbeit.

Glücklicherweise war die Jugend in der Schule, so daß der Maler eine gute halbe Stunde lang ruhig arbeiten konnte. Dann aber strömten immer mehr Leute von allen Seiten herbei, so daß der Jüngling die Last von hundert neugierigen Augen auf der Pinselspitze fühlte.

Langsam und unauffällig, als käme er durch Zufall hier vorbei, näherte sich auch Don Camillo. Jemand fragte ihn halblaut, was er denn von dieser Sache halte.

«Es ist noch zu früh, um zu urteilen», antwortete Don Camillo.

«Ich verstehe nicht, was an diesem Laubengang schön sein soll», kritisierte ein Bursche aus der Gruppe der Intellektuellen. «Da gibt's doch den Fluß entlang viel malerischere Sujets.»

Der junge Mann hörte die leise gesprochenen Worte und sagte, ohne sich umzuwenden: «Das Malerische taugt für Ansichtskarten. Die Gegend hier, die Bassa, gefällt mir gerade darum, weil sie nicht malerisch ist.»

Die Erklärung verblüffte die Menge, die der Arbeit des Malers bis zur Mittagsstunde argwöhnisch weiter zusah. Dann gingen alle weg, und der Künstler blieb allein zurück und konnte volle zwei Stunden ungestört pinseln. Als das Volk wiederkam, um sich an dem Schauspiel zu erlaben, war daher das Bild so weit vorangekommen, daß einer ins Pfarrhaus lief, um Don Camillo zu holen: «Hochwürden, kommt und seht Euch das an!»

Tatsächlich, der Junge konnte allerhand, und Peppone, der sich unter den Zuschauern befand, faßte die Situation mit schlichten Worten zusammen: «Seht ihr, das ist Kunst! Seit fast fünfzig Jahren sehe ich diesen Säulengang Tag für Tag, und erst jetzt merke ich, daß er schön ist!»

Der junge Mann war müde; er legte Palette und Pinsel weg, schloß den Farbenkasten und stand auf.

«Sind Sie schon fertig?» fragte jemand.

«Nein, ich mache morgen weiter. Jetzt hat das Licht gewechselt, da ist die ganze Wirkung anders.»

«Wenn Sie mögen, können Sie Ihre Sachen bei mir im Pfarrhaus einstellen, ich habe Platz genug, und niemand rührt etwas an», sagte Don Camillo, als er sah, daß der Jüngling nicht recht wußte, wohin mit der noch feuchten Leinwand.

«Ich danke Ihnen vielmals», antwortete der Fremde.

«Hab' ich doch kommen sehen, daß der ihn sich schnappt», brummte Peppone erbost und verzog sich.

Als seine Geräte im großen Flurschrank des Pfarrhauses verstaut waren, fragte der junge Mann: «Hochwürden, könnten Sie mir vielleicht sagen, wo ich möglichst billig essen und schlafen kann?»

«Ja», erwiderte Don Camillo. «Hier».

Auf den erstaunten Blick des Jungen hin erklärte er: «Sie sind ein Künstler, und es macht mir Freude, Sie bei mir zu haben.»

Im Wohnzimmer brannte das Kaminfeuer, der Tisch war gedeckt. Der junge Mann war hungrig und durchfroren, und während er aß, nahm sein blasses Gesicht allmählich Farbe an. Auch das war wie Malerei.

«Ich weiß gar nicht, wie ich Ihnen danken soll, Hochwürden», sagte er zuletzt.

«Sie brauchen mir nicht zu danken», antwortete Don Camillo. «Bleiben Sie lange hier?»

«Morgen nachmittag fahre ich in die Stadt zurück.»

«Schon aus mit Ihrer Begeisterung für die Bassa?»

«Aus mit dem Geld», seufzte der Jüngling.

«Haben Sie viel Arbeit in der Stadt?»

Der Fremde lachte: «Man nimmt's halt, wie es kommt!»

Don Camillo schaute ihn an: «Geld kann ich Ihnen nicht geben, weil ich keins habe», sagte er. «Aber wenn Sie mir ein paar kleine Arbeiten für die Kirche ausführen, können Sie einen Monat lang bei mir essen und schlafen. Überlegen Sie es sich.»

«Da brauche ich nicht zu überlegen», erwiderte der junge Mann. «Der Vertrag gefällt mir. Vorausgesetzt, Sie lassen mir Zeit, auch für mich zu malen.»

«Aber selbstverständlich!» rief Don Camillo. «Es genügt, wenn Sie der Kirche täglich zwei Stunden widmen. Sie werden sehen, es ist nicht viel zu tun.»

Die Kirche war vor einem Monat repariert worden, und an den frisch verputzten Stellen waren die Verzierungen weiß übertüncht. Die Ziermalerei mußte ausgebessert und vervollständigt werden. Als der Junge gesehen hatte, worum es ging, lächelte er: «Das ist alles?»

«Das ist alles.»

«Damit bin ich in einem Tag durch, Hochwürden. Ich kann den Vertrag nicht annehmen, es wäre nicht anständig von mir. Sie müssen mir etwas anderes zu tun geben.»

Don Camillo öffnete die Arme. «Da wäre schon noch etwas anderes», sagte er. «Aber das ist etwas Großes, Anspruchsvolles, ich habe gar nicht den Mut, davon zu reden.»

«Reden Sie nur!»

Don Camillo trat an die Balustrade einer kleinen Seitenkapelle und machte Licht. «Da sehen Sie, was passiert ist!»

Der Junge hob den Blick und sah nichts als einen großen Flecken, der die Wand über dem Altar verdunkelte.

«Da ist Wasser durchgesickert», erklärte Don Camillo, «und wir haben es erst zu spät bemerkt. Als das Dach geflickt war, ist der ganze Mörtel heruntergefallen, weil er sich im Frost von der Mauer gelöst hatte. Und so ist das Bild von der Muttergottes hin.»

Der Junge wiegte nachdenklich den Kopf. «Das sieht bös aus», bestätigte er. «Man muß den ganzen Mörtel neu auftragen, denn was davon noch übriggeblieben ist, ist nichts mehr wert.»

«Wenn es nur um den Mörtel ginge, dann wäre es eine Kleinigkeit!» jammerte Don Camillo. «Aber das Madonnenbild muß neu gemalt werden.»

«Das überlassen Sie mir!» rief der Junge. «Kümmern Sie sich darum, daß die Mauer trockengelegt wird. Inzwischen denke ich mir die Figur aus und mache die Skizze und die Schablone bereit. Wenn es soweit ist, besorgen Sie mir den Maurer für den Mörtel. In der Freskomalerei kenne ich mich gut aus. Aber ich muß ungestört arbeiten können: Sie bekommen das Bild erst zu sehen, wenn es fertig ist. Für mich ist es eine Tortur, wenn man mir beim Arbeiten über die Schulter starrt.»

Don Camillo war so glücklich, daß ihm sogar der Schnauf für ein «Jawohl» wegblieb.

Der junge Mann war ein leidenschaftlicher Künstler, und daß er sich hier nicht nur an einem Ort befand, der ihm gefiel, sondern sich neuerdings auch noch regelmäßig und reichlich sattessen konnte, verlieh ihm einen außerordentlichen begeisterten Schwung. So machte er sich, nachdem das Bild mit den Laubengängen am Kirchplatz – unter dem ungeteilten Beifall des Dorfes – fertig war, auf Entdeckungsfahrten durch die Bassa und auf die Suche nach einer Inspiration für Don Camillos Muttergottes.

Eine konventionelle Madonna konnte er nicht malen: Er mußte ein echtes, lebendes Gesicht vergeistigen. Das Gemälde sollte nicht nur eine Huldigung für Don Camillo, sondern eine Huldigung an die Kunst sein.

In der ersten Woche brachte er die Flickarbeiten an der Ziermalerei hinter sich. Darüber hinaus restaurierte er noch das große Oelbild über dem Chor – aber wohl war ihm nicht dabei. Erst wenn er die Anregung zum Muttergottesbild in der kleinen Kapelle fand, würde die innere Unruhe, die von Tag zu Tag stärker wurde, sich legen.

Am Ende der zweiten Woche aber sah es für den armen Jungen noch schlechter aus: Die Mauer in der

Seitenkapelle wartete, völlig saniert, schon seit einer ganzen Weile auf den Maler, und der Maler war noch weit vom Ziel.

Bald tausend Frauen hatte er angeschaut, im Dorf und in allen Nebengemeinden, aber kein einziges interessantes Gesicht gefunden.

Don Camillo wurde bald inne, daß etwas nicht stimmte: Der junge Mann schien seine Arbeitslust verloren zu haben und mehr als einmal brachte er von seinen Streifzügen nicht einmal eine Skizze zurück.

«Interessiert Sie die Gegend nicht mehr?» erkundigte sich Don Camillo eines Abends. «Es gibt doch noch so viele schöne Dinge hier, die Sie nicht auf der Leinwand festgehalten haben.»

«Mich interessiert jetzt nur noch *eine* schöne Sache, und die kann und kann ich nicht entdecken!» erwiderte der junge Mann mutlos.

Am nächsten Morgen bestieg er sein Fahrrad und machte sich mit dem festen Vorsatz auf den Weg: «Wenn ich heute nichts finde, verlasse ich das Dorf.»

Er überließ es dem Zufall, ihn zu führen: er fuhr in die Gehöfte, um ein Glas Wasser oder sonst etwas zu erbitten, er hielt jedesmal an, wenn er einem weiblichen Wesen begegnete, doch seine Bitterkeit nahm ständig zu.

Zur Mittagszeit war er in La Rocca, der Fraktion, die der Hauptgemeinde am nächsten lag, und betrat das Wirtshaus «Zum Fasan», um etwas zu essen. Er mochte nicht nach Hause.

Die Gaststube, ein großer, niedriger Raum mit Balkendecke und kitschigen Oeldrucken an den Wänden, war leer.

Als eine alte Frau erschien, bestellte der Maler Brot, Wurst und ein Glas Wein.

Kurze Zeit später stellte eine Hand einen Teller mit aufgeschnittener Wurst, ein Glas Wein und ein Stück Brot auf die dunkle Tischplatte, und als der Junge aufblickte, verschlug es ihm den Atem: die Inspiration war gefunden!

Die Inspiration war höchstens fünfundzwanzig Jahre alt und bewegte sich mit der Unbekümmertheit einer Achtzehnjährigen. Was ihn aber interessierte, war einzig und allein das Gesicht der Frau.

Unverwandt und entgeistert starrte er in dieses Gesicht, das er so lange gesucht hatte.

Das Mädchen hielt dem Blick eine Weile stand, dann fuhr es ihn ärgerlich an: «Was ist? Haben Sie etwas gegen mich?»

«Entschuldigen Sie», stotterte der junge Mann verwirrt.

Das Mädchen ging hinaus, kam aber bald zurück und setzte sich mit einer Näharbeit neben die Tür.

Der Maler konnte nicht widerstehen: Er zog seinen Block heraus und begann zu zeichnen.

Nach einer Weile hob das Mädchen, das seine Blicke auf sich fühlte, den Kopf und sagte: «Darf man fragen, was Sie tun?»

«Wenn Sie gestatten, möchte ich Ihr Porträt zeichnen», antwortete der junge Mann.

«Mein Porträt? Wozu?»

«Ich bin Kunstmaler», gab der Jüngling verlegen Auskunft, «und einen Maler interessiert alles, was schön ist.»

Das Mädchen verzog halb mitleidig, halb verächtlich

das Gesicht, zuckte die Achseln und arbeitete weiter. Mehr als eine Stunde lang saß sie still dort, dann kam sie herüber und fragte: «Darf man sehen, was Sie zusammengestrichelt haben?»

Der junge Mann zeigte die Skizze.

«So sehe ich aus?» lachte das Mädchen.

«Es ist erst angefangen, Fräulein; wenn Sie nichts dagegen haben, komme ich morgen wieder und zeichne weiter daran.»

Das Mädchen räumte Teller und Glas weg.

«Was bin ich schuldig?» fragte der Jüngling.

«Sie können morgen zahlen.»

Kaum war der Maler zu Hause, schloß er sich in seinem Zimmer ein und zeichnete bis abends.

Am Morgen arbeitete er weiter. Als er gegen Mittag ausging, schloß er hinter sich die Tür ab. «Hochwürden», erklärte er, «es ist soweit: die Inspiration ist da!»

In voller Fahrt radelte er zum «Fasan» und fand alles wie am Vortag: verlassene Gaststube, Brot, Wurst, Wein und die Inspiration auf dem Stuhl neben der Tür.

Als diesmal das Mädchen nach zwei Stunden das Ergebnis der Arbeit sah, erschien sie zufriedener als am ersten Tag:

«So ist's besser», sagte sie.

«Wenn ich auch morgen kommen dürfte, würde es noch besser», seufzte der Junge.

Schließlich ging er noch zweimal hin, dann aber ließ er sich im «Fasan» nicht mehr blicken, weil er den Kopf voll anderer Dinge hatte. Drei Tage lang blieb er in seinem Zimmer, dann verabredete er sich mit dem Maurer und begann mit der Arbeit in der Kapelle.

Fieberhaft machte er sich ans Werk, und niemand

konnte sehen, was er malte, denn eine hohe Bretterwand trennte jetzt die Seitenkapelle von der übrigen Kirche ab.

Und nur der junge Mann hatte einen Schlüssel zum kleinen Eingangstürchen.

Don Camillo verging fast vor Neugier, wußte sich aber zu bezähmen und fragte lediglich jeden Abend: «Nun, wie steht's?»

«Sie werden schon sehen, Hochwürden!» antwortete der Maler jeweils freudig erregt.

Und endlich kam der Schicksalstag.

Der junge Mann verhängte das vollendete Fresko mit einem Tuch, ließ die Bretterwand entfernen und holte Don Camillo.

«Hochwürden, es ist soweit.»

Im nächsten Augenblick stand Don Camillo schon an der Balustrade der Seitenkapelle und wartete mit klopfendem Herzen.

Mit einer Stange brachte der Maler das Tuch zu Fall, das die «Muttergottes vom Fluß» verhüllte.

Es war ein herrliches Bild; mit offenem Mund staunte Don Camillo das Wunder an.

Plötzlich aber griff eine kalte Hand nach seinem Herzen, seine Stirn bedeckte sich mit Schweiß, und dann entfuhr ihm ein entsetzter Schrei: «Die Celestina!»

«Was für eine Celestina?» fragte der junge Mann erstaunt.

«Das ist Celestina, die Tochter der Wirtin vom ‹Fasan›!»

«Nun ja», bestätigte der Maler ruhig, «es ist ein Mädchen, das ich im ‹Fasan› gefunden habe.»

Don Camillo packte die Bockleiter, drang in die Kapelle ein, stieg hinauf und verhüllte das Bild wieder mit dem großen Tuch.

Der junge Mann war ratlos. «Hochwürden», fragte er, als Don Camillo wieder auf dem Boden stand, «seid Ihr verrückt geworden?»

Ohne zu antworten, eilte der Priester ins Pfarrhaus hinüber, gefolgt von dem immer verdutzteren Maler.

«Sakrileg!» ächzte er, als sie im Wohnzimmer angekommen waren. «Die Celestina vom ‹Fasan›! Die Celestina vom ‹Fasan›! Die Muttergottes mit dem Gesicht der Celestina vom ‹Fasan›! Wissen Sie denn nicht, wer die Celestina ist?»

Der junge Mann wurde bleich.

«Wissen Sie nicht, daß die Celestina das fanatischste aller Kommunistenweiber weit und breit ist? Wissen Sie nicht, daß man ebensogut einen Christus mit dem Gesicht von Stalin malen könnte?»

Der Jüngling hatte sein Gleichgewicht einigermaßen wiedergefunden. «Hochwürden», verteidigte er sich ruhig, «mich hat nicht die politische Überzeugung des Mädchens inspiriert, sondern ihr Gesicht. Es ist ein wunderschönes Antlitz, und das hat ihr nicht die Partei geschenkt, sondern der liebe Gott.»

«Aber die schwarze Seele, die sich hinter dieser Schönheit verbirgt, die hat ihr der Teufel geschenkt!» wütete Don Camillo.

«Alles Schöne ist ein Geschenk des Himmels», beharrte der Maler.

Don Camillo hob die Hände anklagend zum Himmel. «Sie haben ein Sakrileg begangen! Und wenn ich nicht wüßte, daß Sie in gutem Glauben gehandelt haben, hätte ich Sie vorhin gleich zum Teufel gejagt. Sind Sie sich denn überhaupt bewußt, wie ungeheuerlich die Sache ist?»

Der Junge schüttelte den Kopf. «Nein», erwiderte er. «Ich habe ein gutes Gewissen. Um das Antlitz der Madonna zu malen, habe ich meine Eingebung in dem schönsten Gesicht gesucht, das ich finden konnte.»

«Sie haben nicht Ihre gute Absicht gemalt, sondern eine Ausgeburt der Hölle! Eine Exkommunizierte! Finden Sie es nicht selber lästerlich, der Madonna das Aussehen einer Exkommunizierten zu verleihen? ‹*Muttergottes vom Fluß*›? ‹*Muttergottes exkommuniziert*› müßte das Bild richtig heißen!»

Der junge Maler hätte am liebsten geweint. «Und dabei habe ich so lange gesucht und mit aller Inbrunst dieses Gesicht vergeistigt ...»

Mit fuchtelnden Armen unterbrach ihn Don Camillo: «Was wollen Sie denn da vergeistigen! Wie kann man ein so vulgäres Gesicht wie das der Celestina vergeistigen? Das Gesicht einer Frau, die mit ihrem Fluchen jeden Fuhrmann zum Erröten bringt? Wie kann man nur so schamlos sein, sich einzubilden, die Muttergottes könnte das niederträchtige Gesicht der Celestina tragen?»

Der junge Mann rannte in sein Zimmer und warf sich auf das Bett. Zum Abendessen kam er nicht herunter, und Don Camillo hatte nicht die geringste Lust, ihn zu rufen. Gegen zehn Uhr abends aber ging er zu ihm.

«Nun, sind Sie jetzt überzeugt, daß es ein Sakrileg war? Ich hoffe, Sie haben inzwischen mit kühlem Kopf Ihre Skizzen durchgesehen und gemerkt, daß man auf der ganzen Welt kein gemeineres Gesicht findet als das dieses Mädchens. Sie sind jung, Sie haben ein aufreizendes Mädchen gesehen, und da haben die Augen des Künstlers versagt und sind den Augen des Lüstlings gewichen.»

Der Maler schüttelte den Kopf. «Sie denken schlecht von mir, Hochwürden. Sie beleidigen mich ohne Grund.»

«Aber so nehmen Sie doch Ihre Skizzen hervor! Sehen Sie doch genau hin!»

«Ich habe alles zerrissen.»

«Kommen Sie mit hinüber!» forderte Don Camillo. «Ich will, daß Sie sich selber überzeugen.»

Sie gingen durch die stille, verlassene Kirche, und in der kleinen Seitenkapelle löste Don Camillo mit der Stange das Tuch vor dem Bild. «Sehen Sie es mit Ruhe an und sagen Sie mir, ob ich nicht recht habe.»

Der junge Mann betrachtete das Bild, richtete die beiden Scheinwerfer darauf, betrachtete es wieder und schüttelte den Kopf: «Nein, Hochwürden, dieses Gesicht ist weder niederträchtig, noch vulgär.»

Don Camillo grinste höhnisch und musterte das Fresko mit zornigen Blicken.

Die Muttergottes vom Fluß hatte ein sanftes, heiteres Gesicht mit klaren, unschuldigen Augen.

«Zum Verrücktwerden!» fauchte Don Camillo. «Ich möchte nur wissen, wie Sie im Gesicht dieser Schlampe Geistigkeit gefunden haben!»

«Sie geben also zu, Hochwürden, daß dieses Bild ein geistiges Gesicht hat?»

«Das Bild, ja, aber die Celestina hat ein ordinäres Gesicht! Und wer immer das Bild anschaut, wird sagen: ‹Sieh mal an, die Celestina als Muttergottes verkleidet!›»

«Es lohnt sich nicht, eine Tragödie daraus zu machen», entschied sich der junge Mann. «Morgen früh kratzen wir alles ab und fangen von vorne an.»

Don Camillo verhüllte das Bild wieder und löschte das Licht. «Darüber reden wir morgen», sagte er. «Das Schlimmste ist, daß das Gemälde prachtvoll ist und es zu zerstören ein Verbrechen.»

Die Muttergottes vom Fluß gefiel dem armen Don Camillo in der Tat wahnsinnig. Für ihn war das Fresko ein Meisterwerk, das Schönste, was er je gesehen hatte. Aber wie konnte er andererseits dulden, daß die verfluchte Celestina als Madonna über dem Altar prangte?

Anderntags rief Don Camillo die fünf, sechs zuverlässigsten seiner Anhänger zu Hilfe. Er führte sie vor die Kapelle, zog das Tuch weg und befahl: «Sagt eure Meinung frei heraus!»

Und alle riefen zuerst «Wundervoll!», zuckten dann zusammen und fügten entsetzt hinzu: «Das ist ja die Celestina vom ‹Fasan›!»

Don Camillo erzählte von dem Unglück, das dem Maler zugestoßen war. «Es bleibt nichts anderes übrig, als alles zu löschen», schloß er.

«Schade um das Meisterwerk!» war die einhellige Meinung der Anwesenden. «Aber man kann doch wohl nicht zulassen, daß die Muttergottes das Gesicht einer verfluchten Exkommunizierten trägt ...»

Don Camillo verhüllte das Fresko und bat die Getreuen, zu niemandem etwas zu sagen.

Die Folge war natürlich, daß sich Andeutungen wie ein Lauffeuer verbreiteten, und gleich begann ein lebhaftes Kommen und Gehen vor der kleinen Kapelle; doch das Bild war verhängt und der Zugang versperrt.

Das Gerücht drang auch über das Dorf hinaus, und als am Abend Don Camillo das Kirchenportal abschließen wollte, löste sich aus dem Schatten ein feindseliges Gesicht. Es war die Celestina vom «Fasan».

«Was wollt Ihr?» fragte Don Camillo kurz angebunden.

«Ich habe mit dem Trottel dort ein paar Worte zu reden», zischte Celestina.

Don Camillo wandte sich um: der junge Mann war soeben angekommen.

«Abgesehen davon, daß Sie viermal zu mir zum Essen gekommen sind, ohne je zu zahlen», fuhr Celestina ihn drohend an, «möchte ich wissen, wer Ihnen die Erlaubnis gegeben hat, mein Gesicht für das Malen von Madonnen zu mißbrauchen und mich damit zu verunglimpfen.»

Der Junge starrte Celestina ungläubig, ja bestürzt an: Da war es, das vulgäre, falsche, widerwärtige Gesicht, von dem Don Camillo gesprochen hatte! Verstört fragte er sich, wie er in diesem Antlitz bloß etwas Geistiges oder zu Vergeistigendes hatte sehen können.

Er stammelte etwas, aber das Mädchen fuhr ihm über den Mund:

«Ein blöder Simpel sind Sie!»

Da griff Don Camillo ein. «Mädchen, wir wollen hier keinen Krach. Wir sind hier in der Kirche, nicht in Eurer Kneipe.»

«Ihr habt nicht das Recht, mein Gesicht für Eure Madonnen auszunutzen!» schimpfte Celestina weiter.

«Kein Mensch denkt daran, Euch auszunutzen», gab Don Camillo zurück. «Ich weiß nicht, was Ihr wollt.»

«Es gibt Leute, die haben die Madonna mit meinem

Gesicht gesehen!» schrie Celestina. «Versucht doch zu lügen, wenn Ihr das könnt!»

Don Camillo fühlte sich unbehaglich.

«Hier ist keine Madonna mit Eurem Gesicht und könnte auch niemals eine sein», behauptete er. «Aber weil jemand in dem Bild, das dieser junge Mann gemalt hat, eine entfernte Ähnlichkeit mit Euch zu erkennen glaubt, wird das Gemälde morgen weggemeißelt und neu gemacht.»

«Ich will es sehen!» verlangte das Mädchen wütend. «Und ich will, daß Ihr mein Gesicht sofort wegmacht. In meiner Gegenwart.»

Don Camillo betrachtete dieses von Wut entstellte Gesicht; er dachte an das liebliche Antlitz der Muttergottes vom Fluß und sagte ruhig: «Es ist nicht Euer Gesicht. Ihr könnt es kontrollieren.»

Das Mädchen ging entschlossen auf die Kapelle zu und blieb vor der Balustrade stehen. Don Camillo nahm die Stange und ließ das verhüllende Tuch fallen. Dann beobachtete er Celestina.

Reglos sah sie zu dem Fresko auf. Und dann geschah etwas Unerwartetes, etwas sehr Merkwürdiges.

Da glättete sich das Gesicht der Celestina nach und nach, da wurden die haßglühenden Augen allmählich immer sanfter, immer heiterer. Da verschwand aus den Zügen alles Vulgäre, da wurde das Gesicht der Celestina dem Gesicht auf dem Bild immer ähnlicher.

Der Jüngling klammerte sich an Don Camillos Arm. «So habe ich sie gesehen», flüsterte er ihm ins Ohr.

Don Camillo bedeutete ihm, zu schweigen.

Eine Weile war alles totenstill, dann hörte man Celestinas unterdrückte Stimme: «Wie schön sie ist! ...»

Das Mädchen wurde nicht müde, zur Muttergottes aufzublicken; plötzlich wandte es sich zu Don Camillo um: «Löscht sie nicht aus, ich bitte Euch!» flehte es angstvoll. «Wartet noch!»

Dann kniete es vor der Muttergottes vom Fluß nieder und bekreuzigte sich.

In atemlosem Staunen schaute Don Camillo zu, wie Celestina schluchzend aus der Kirche lief und der Maler ihr nacheilte.

Alleingeblieben, deckte Don Camillo das Fresko wieder zu und ging dann zum Hauptaltar, um sein Herz vor dem Gekreuzigten auszuschütten.

«Jesus», keuchte er, «was geht hier vor?»

«Von Malerei verstehe ich nichts», antwortete Christus lächelnd.

Am nächsten Morgen nahm der Junge sein Rad und fuhr zum «Fasan». Die Gaststube war leer, Celestina saß mit gesenktem Kopf an ihrem gewohnten Platz und nähte.

«Ich bin gekommen, um meine Schulden zu bezahlen», sagte der Maler. Celestina hob langsam das Gesicht, und der junge Mann fühlte, wie sein Herz vor Erleichterung weit wurde, denn es war das sanfte, heitere Antlitz des Bildes.

«Wie tüchtig Ihr seid», seufzte das Mädchen. «Wie schön diese Madonna ist!»

Der Maler begann etwas zu stottern, aber Celestina fuhr fort: «Sie ist zu schön, man darf sie nicht zerstören!»

«Ich weiß, es tut mir ja auch leid, denn ich habe beim Malen mein ganzes Herz und meine ganze Seele hineingelegt, aber die Leute sagen, es sei nicht möglich, eine

Muttergottes in der Kirche zu lassen, die das Gesicht einer Exkommunizierten trägt ...»

Da lächelte Celestina: «Ich bin nicht mehr exkommuniziert. Heute morgen habe ich getan, was zu tun war.» Als der junge Maler gestand, daß er nicht begreife, wovon sie rede, erklärte sie ihm alles. Dann nutzte sie sein verwundertes Schweigen zu der Frage, ob seine Frau ihm die Wäsche flicke und so, und er antwortete, niemand flicke ihm die Wäsche, denn er sei ganz allein auf der Welt und mausarm.

Worauf sie seufzend bemerkte, daß in einem gewissen Alter das Alleinsein auch für die umschwärmtesten Frauen eine Last werde und man das Bedürfnis verspüre, eine Familie zu gründen.

Worauf der arme Kerl zugab, daß eine Familie zu gründen schon immer sein Traum gewesen sei, daß er aber kaum sich selber durchbringen könne.

Worauf Celestina weise erwiderte, das liege nur daran, daß er in der Stadt lebe, wo alles doppelt soviel koste. Wenn er hingegen auf dem Land wohnte, wäre alles viel leichter, besonders wenn das Schicksal ihm ein tüchtiges Mädchen mit einem kleinen, aber sauberen Haus und einem kleinen, aber rentablen Unternehmen über den Weg führte.

Worauf der junge Mann ein paar Worte sagte, aber da schlug es schon Mittag, denn die Zeit geht unheimlich schnell vorbei, wenn man von solchen Dingen plaudert, und das Mädchen stand auf und holte Brot, Wurst und Wein.

Nach dem Essen fragte der junge Mann: «Wieviel macht das alles?»

«Sie können morgen bezahlen», antwortete Celestina.

Die Muttergottes vom Fluß blieb ungefähr einen Monat lang hinter dem Tuch verborgen. An dem Tag aber, als der junge Mann und die Celestina mit allem Drum und Dran und Orgelbegleitung heirateten, zog Don Camillo den Vorhang weg und überflutete die kleine Kapelle mit Licht.

Er war ziemlich besorgt, was die Leute wohl sagen würden, wenn sie sahen, daß die Madonna die Gesichtszüge Celestinas trug. Doch die Leute meinten bloß:

«Ach, wo denn! Das möchte der Celestina freilich passen, wenn sie so schön wäre wie die Muttergottes auf dem Bild! Nicht einmal von ferne sieht sie ihr ähnlich!»

So bin ich

Giovanni Guareschi über sich selbst, ca. 1952

Mein Leben begann am 1. Mai 1908, und wie es aussieht, wird es noch eine Weile schlecht und recht weitergehen.

Als ich auf die Welt kam, war meine Mutter bereits seit neun Jahren Volksschullehrerin, und sie hielt noch bis 1949 weiter Schule. Der Pfarrer des Dorfes, in dem sie bis 1950 lebte, schenkte ihr im Namen der Bevölkerung einen Wecker, und meine Mutter verbrachte nach fünfzig Jahren Unterricht in Schulen ohne elektrisches Licht und Trinkwasser, dafür aber mit reichlich Schaben, Fliegen und Stechmücken, ihre Zeit damit, darauf zu warten, daß der Staat die Bearbeitung ihres Pensionsantrags in Erwägung ziehe. Und während sie sich damit vergnügte, dem Ticken des Weckers zuzuhören, den ihr die Bevölkerung geschenkt hatte, kam der Tod und trug sie fort.

Mein Vater dagegen beschäftigte sich, als ich geboren wurde, mit jeder Art von Maschinen: von Dreschmaschinen bis zu Grammophonen, und er hatte einen wunderschönen Schnurrbart, ganz ähnlich dem, den ich unter der Nase trage. Diesen prächtigen Schnurrbart hatte er noch bis 1950, aber da beschäftigte er sich schon seit einer Weile mit nichts mehr und verbrachte seine Tage mit Zeitunglesen. Er las auch das, was ich schrieb, aber meine Art zu schreiben und zu denken gefiel ihm nicht.

Und im Grunde hatte er vollkommen recht, denn auch mir gefällt das, was ich schreibe, überhaupt nicht.

Zu seiner Zeit war mein Vater ein lebhafter, aufgeweckter Mann gewesen, der schon ein Automobil fuhr, als in Italien noch ganze Völkerscharen von Dorf zu Dorf zogen, um diese Teufelsmaschine zu sehen, die von allein lief.

Die einzige Erinnerung an diesen vergangenen Glanz ist eine alte Autohupe, eine von denen mit Gummibirne, die mein Vater an das Kopfende seines Bettes geschraubt hatte und mit der er immer wieder hupte, vor allem im Sommer.

Ich habe ein Motorrad mit fünfundsechzig Kubikzentimetern Hubraum, einen Kleinwagen mit fünfhundert Kubikzentimetern Hubraum, eine Ehefrau und zwei Kinder, deren Hubraum ich nicht genau angeben kann, die mir aber sehr nützlich sind, da ich sie als Figuren in vielen Geschichten verwende. Diese Geschichten veröffentliche ich in einem Wochenblatt, das meine Mitarbeit sehr schätzt, vielleicht weil ich der Direktor bin.

Und genau in dieser Wochenzeitung, die sich *Candido* nennt, habe ich wöchentlich die Erzählungen gedruckt, die seinerzeit zum kleinen Teil im ersten Don-Camillo-Band erschienen sind.

Meine Eltern hatten entschieden, daß ich Schiffsingenieur werden sollte. So kam es, daß ich Jurisprudenz studierte und in kurzer Zeit in der Stadt Parma als Schöpfer von Werbeplakaten und Karikaturist bekannt wurde.

Da mir in der Schule nie jemand das Zeichnen beigebracht hatte, war es logisch, daß die Zeichenkunst auf mich eine besondere Anziehungskraft ausübte. Daher beschäftigte ich mich nach Karikatur und Werbeplakat viel mit Holzschnitt und Bühnenmalerei.

Zur gleichen Zeit versuchte ich mich auch als Pförtner in einer Zuckerfabrik und als Inhaber eines bewachten Fahrradparkplatzes. Und obwohl ich keine Ahnung von Musik hatte, gab ich sogar einigen Kindern vom Land Mandolinenunterricht. Großartig bewährt habe ich mich als Amtsperson bei der Volkszählung. Ein Jahr lang war ich Privatlehrer in einem Internat, dann ging ich dazu über, in der Lokalzeitung Korrektur zu lesen. Um mein bescheidenes Gehalt aufzubessern, begann ich Geschichten zu schreiben, danach beschäftigte ich mich mit der Stadtchronik, und da ich den Sonntag noch völlig frei hatte, übernahm ich die Leitung eines Montagsblattes, das ich, um Zeit zu sparen, zu drei Vierteln selber schrieb. Eines schönen Tags nahm ich den Zug und fuhr nach Mailand, wo es mir gelang, mich in eine ganz neue humoristische Wochenzeitung mit Namen *Bertoldo* einzuschmuggeln. Dort wurde ich gezwungen, das Schreiben sein zu lassen, doch dafür durfte ich zeichnen. Und ich nützte das aus und zeichnete in Weiß auf schwarzes Papier – was in der Zeitung traurig schwarze und, ich muß es zugeben, auch deprimierende Akzente setzte.

Ich bin in der Bassa von Parma geboren, in der Po-Ebene. Und die Menschen, die aus dieser Gegend stammen, haben einen Kopf, so hart wie Gußeisen: Es gelang mir, Chefredakteur des *Bertoldo* zu werden, immerhin einer Zeitung, in der Steinberg, der damals in Mailand Architektur studierte, seine allerersten Zeichnungen veröffentlichte und an der er bis zu seiner Abreise nach New York mitarbeitete.

Aus Gründen, die nicht von meinem Willen abhingen, brach der Krieg aus, und 1942 trank ich mir einen großen Rausch an, weil mein Bruder in Rußland vermißt war und ich nichts über ihn in Erfahrung bringen konnte. Ich brüllte in jener Nacht einiges durch die Straßen von Mailand und sagte Dinge, die ich dann am nächsten Morgen, nachdem die Politische Polizei mich festgenommen hatte, auf zwei Protokollseiten wiederfand. Eine Menge Leute kümmerte sich damals um mich und brachte es fertig, mich wieder frei zu bekommen. Doch um mich aus dem Verkehr zu ziehen, wurde ich am 9. September 1943 zu den Waffen gerufen, und nachdem wir die Bescherung hatten, wurde ich von den Deutschen in Alessandria festgenommen. Da ich keine Lust hatte, meinem König den Gehorsam zu verweigern, kam ich in ein polnisches Lager. Danach passierte ich verschiedene deutsche Lager, und das bis Ende April 1945. Damals wechselte ich von der deutschen Verwaltung zur englischen, und nach fünf Monaten wurde ich wieder nach Italien zurückgeschickt.

In der Zeit der Gefangenschaft entfaltete ich die intensivste Aktivität meines Lebens. Tatsächlich mußte ich vor allem danach trachten, am Leben zu bleiben, und das gelang mir fast vollständig, da ich mich auf ein präzises Programm festgelegt hatte, unter dem Motto: «Ich sterbe nicht, nicht einmal, wenn sie mich umbringen!»

Es ist nicht leicht, am Leben zu bleiben, wenn man nur noch aus Haut und Knochen besteht, 46 Kilo wiegt und von Läusen, Wanzen, Flöhen, Hunger und Schwermut heimgesucht ist.

Als ich nach Italien zurückkam, fand ich, daß sich

viele Dinge verändert hatten. Vor allem die Italiener hatten sich verändert, und ich verwendete viel Zeit darauf, herauszufinden, ob zum Besseren oder zum Schlechteren. Zum Schluß entdeckte ich, daß sie sich überhaupt nicht verändert hatten, und da packte mich die Schwermut. Ich schloß mich im Haus ein und zeichnete die Illustrationen für mein *Weihnachtsmärchen,* das ich 1944 geschrieben hatte, um die Weihnachtstraurigkeit etwas zu lindern – meine und die meiner Lagerkameraden.

Dann gründeten wir die Wochenzeitschrift *Candido,* und ich fand mich bis zum Hals in der Politik, obwohl ich damals, wie ich es auch heute noch bin, völlig unabhängig war. Aus dieser Zeit, ich meine aus der unmittelbaren Nachkriegszeit, habe ich einen dicken Band mit dokumentarischen Tafeln herausgeschlagen, unter dem Titel *Italia provvisoria.*

1950 verlor der italienische Kommunistenführer Togliatti bei einer öffentlichen Rede in La Spezia die Nerven und nannte jenen Mailänder Journalisten, der die Figur mit den «drei Nasenlöchern» erfunden hat, einen «dreifachen Idioten». Dieser dreifache Idiot bin ich, und dieser Ausspruch war für mich die am heißesten ersehnte Anerkennung meiner Arbeit als politischer Journalist.

Der Mann mit den drei Nasenlöchern ist inzwischen in den italienischen Sprachgebrauch eingegangen, und ich war es, der ihn in einem glücklichen Moment satirischer Laune erfunden hat. Ehrlich gesagt, darauf bin ich stolz, denn es ist mir gelungen, den Typus des Kommunisten mit einem winzigen Federstrich von wenigen Millimetern zu charakterisieren (indem ich ihm eben statt der zwei üblichen drei Nasenlöcher zeichnete). Das ist kein schlechter Einfall. Und er schlug ein.

Und (weshalb bescheiden sein?) auch die anderen Dinge, die ich während der Zeit vor der Wahl schrieb oder zeichnete, schlugen ein. Aber das gehört nicht hierher: Ich habe auf dem Dachboden einen Sack voller Zeitungsausschnitte, in denen Schlechtes über mich steht. Wer mehr darüber wissen will, soll kommen und sie lesen.

Die Erzählungen um Don Camillo und Peppone haben in Italien einen außergewöhnlichen Erfolg gehabt. Viele Leute haben lange Artikel über sie verfaßt, und sehr viele haben mir Briefe über diese oder jene Geschichte geschrieben: So sind mir die Gedanken etwas durcheinandergeraten, und es würde mich jetzt ziemlich in Verlegenheit bringen, wenn ich ein Urteil über diese Erzählungen abgeben müßte.

Das Milieu dieser Geschichten ist das meiner Heimat: der Bassa von Parma, der Ebene an den Ufern des Po. Hier erreicht die politische Leidenschaft oft eine besorgniserregende Intensität; und doch sind die Leute dort sympathisch, gastlich und großzügig und haben einen ausgeprägten Sinn für Humor.

Es muß die Sonne sein, eine verdammte Sonne, die den ganzen Sommer lang die Gehirne martert. Oder der Nebel, ein dicker Nebel, der den ganzen Winter lang auf den Gehirnen lastet.

Die Typen sind echt, und die Geschichten sind so wahrscheinlich, daß mehr als einmal ein erfundenes Ereignis ein paar Monate später tatsächlich passiert ist und man in der Zeitung davon las.

Ja, die Wirklichkeit überstieg sogar die Phantasie:

Denn als ich die Geschichte von Peppone schrieb, in der er, um ein Flugzeug loszuwerden, das während einer Wahlversammlung gegnerische Flugblätter abwirft, eine Maschinenpistole aus dem Strohschober zieht, da brachte ich es nicht fertig, ihn schießen zu lassen. «Das ist zu phantastisch», sagte ich mir. Zwei Monate später schossen in Spilimbergo im Friaulischen die Kommunisten nicht nur auf ein Flugzeug, das antikommunistische Flugblätter abwarf, sie schossen es sogar ab!

Ich habe nichts weiter zu meinen Geschichten zu sagen. Niemand kann schließlich von einem armen, anständigen Menschen verlangen, daß er, nachdem er ein Buch geschrieben hat, es auch noch verstehen soll.

Guareschi

Inhaltsverzeichnis